表紙　装画　　松川　八洲雄

『ぼくたちの未来のために』復刻版

解説・総目次・執筆者索引

目次

〈ぼくたち〉、生きることをえらぶ限りは

――詩誌「ぼくたちの未来のために」と〈明日の会〉の軌跡――

田口麻奈

はじめに

夜よ
私たちのみにくさと罪とをかばって
人間の敵を教えてくれる夜よ
おまえは知っているね　私の背負っている責任の重みを
それは生命の脈打つ　何人かの血の量に値する重み

――花崎皋平〈明日の方へ〉

詩誌『ETWAS』、『詩のつどい』、『ぼくたちの未来のために』は、戦後再編されたばかりの新制東京大学において、一・二年生にあたる教養学部の学生たちが形成した詩サークルを母胎とし、そこから派生した〈明日の会〉によって発行された雑誌である。初期メンバーはおおむね一九三〇年前後の生まれであり、体制移行に伴って入学試験が六月にずれこんだ一九四九年度以降、数年の内に入学した〈新東〉＝新制東大の最初

期の世代にあたる。旧制高校の廃止と統合、そして六・三・三・四制へと、従来の学制が大きく組み替えられる占領期教育改革の混乱をくぐりぬけて大学生となった彼らは、しかし入学後も静粛な環境で学業に専心というわけにはいかなかった。学費値上げ反対闘争やレッド・パージ反対運動、その運動を優先するがゆえの組織的な試験ボイコット等は、あらゆる立場の学生の生活と思想に影響を及ぼし、学内外に大きな波紋を広げていた。

また他方、メンバーの多くが高い語学力を備え、各国の詩や詩人の動向を自ら翻訳、紹介しようとする試みが誌面の大きな特徴でもあるのだが、こうした視野の広さや先端性は、新制東大の設計の要として打ち出されたリベラルアーツ教育[1]に下支えされて展開されたものであったと言うこともできる。大学運営の根幹を揺るがすような戦後学生運動の最初期の高潮と、学制改革の中で強い理念を託された新しい教養の土壌とを、同時に深く呼吸しながら出発した彼らにとって、詩を書くことはいかなる営みとしてあったのか。ともすれば、実践的な社会派か観念的な芸術派かに切り分けられがちな一九五〇年代の戦後詩の見取り図の中で、彼らの立つ位置のこうした複層性は、多くの示唆を含んでいるはずである。

以下、これらの誌面の復刻に際して、同人たちが身を置いた固有の磁場と、各人の詩への模索がどのように絡み合って展開していったのか、その現場にいくばくかでも近づいてみたい。まずは、既述の世代が中心となって順次発展していった三誌の輪郭について、あらかじめ粗描しておこう。

・『ETWAS』…全三冊。創刊一九五〇年?月〜終刊一九五一年四月。東京大学文学会詩研究会発行。会は一九五〇年六月発足と思しいが、創刊号は未確認。編集人、発行人は池田守、花崎皐平、山本恒ら（教養学部一年生）。第三号をもって東大文学会から独立、〈東大詩人サークル〉が編成される。後誌『詩のつどい』へと発展的に解消。

・『詩のつどい』…全五冊（?）。創刊一九五一年七月〜終刊一九五四年?月。東大詩人サークル発行。「一つの旗印を中心として集った同人ではなく、東大教養学部内の詩を書く人々の集り」（四号あとがき、小海永二）であることを目指した。創刊号編集人は石川巌、粂川光樹、花崎皐平、山本恒。発行所は「目黒区駒場東大教養学部内」（駒場キャンパス）、第2号以降は山本方および石川方。指導教官は仏文助教授の井上究一郎。創刊時の会員は30名。設立時のメンバーが二学年とも各学部（本郷キャンパス）へ進学した後、入沢康夫が第五号（一九五四・二）を刊行するが[2]、その後の活動の詳細不明。

・『ぼくたちの未来のために』…全三〇冊。創刊一九五二年一一月〜終刊一九五八年一月。明日の会発行。『詩のつどい』の主要同人が進学して本郷キャンパスに移り、新たなメンバーとともに〈明日の会〉を結成、機関誌として発行される。花崎皐平、山本恒、小海永二、小田島雄志、金子嗣郎、粂川光樹（杉一郎）、松川八洲雄など。中盤以降は入沢康夫、岩成達也、川口澄子、よしかわつねこなど、詩誌『あもるふ』へと分派してゆくメンバーの活躍が目立つ。一九五六年一二月、アンソロジー『明日の会詩集　ぼくたちの未来のために』を書肆ユリイカから刊行。しかし、この詩集の刊行が会の理念の曖昧さを問う議論の引き金となり、約一年後に第三〇号をもって終刊。

（以下、頻出する右記三誌については「」にて表記する。）

各誌の詳しい展開についてはあらためて後述するが、八年近い活動の中で、後半に新たな執筆陣が加わってくるとはいえ、核となる主要同人は一貫して変わっていないことに注意しておきたい。つまり発足当初のメンバーが終刊まで主力として詩誌を運営し続けているわけだが、それによって詩誌は、この世代が経験する各段階――教養学部時代、専門の学部時代、各人の就職と大学院への進学、社会人時代――の進みゆきと同調しながら、その都度の分岐点を内包した軌跡を描くことになる。

最初期から持続的に活動を担っているのは、花崎皋平（哲学）、山本恒（英文）、粂川光樹（国文）、小海永二（仏文）、松川八洲雄（美学美術史）、金子嗣郎（医学部）といった面々である（〈明日の会〉結成時にはここに小田島雄志（英文）が合流する）。いま括弧内に所属学部を示したのは、この先彼らの多くが各専門分野で特色ある仕事を展開してゆくからであるが、このような「学部・学科横断的」なメンバー構成が可能になるのは、まずは彼らの活動が教養学部（駒場キャンパス）で出発している事情によるところも大きい。

日本における共生哲学の先駆的な発議者であり、市民運動家としても強力なムーブメントを牽引することになる花崎皋平。アンリ・ミショー、F・G・ロルカからの翻訳・紹介で知られ、戦後詩研究・教育の草分け的存在となる小海永二。シェイクスピアの翻訳に新風を吹き込み、詩的言語をめぐる学知を劇場へと開いた小田島雄志。国文学研究の国際化に寄与し、小説の書き手としても研究と実作の架橋を目指した粂川光樹。記録性と映像美を融合させ、戦後ドキュメンタリー映画の新たな旗手となった松川八洲雄。日本の精神医学の礎を築いた都立松沢病院を継ぎ、医学史研究や翻訳業でも多大な功績を残す金子嗣郎。……

詩や小説、映像作品の実作者として、研究者として、翻訳者として、各種専門の職業人として、（時にはそれらをいくつも兼ね備える形で、）この先、独自の境地を切り開いていく同人たちの名を眺めていると、その個性的な軌跡と、学生時代のプラットフォームの豊かさを関係づけたいような気持ちになるが、もちろん、のちに名を成す人々の若書きを懐かしむことが主意ではない。先にも述べたように、同人の多くは、敗戦後の日本社会のラディカルな制度変革のなかで見通しのきかない青春期を送り、わずかなタイミングの差で新制東大の最初期ならではの動静をともに経験することになった。戦時における大学の知的停滞への反省や不信、戦地や工場への学生動員の記憶、アジア近隣諸国との新たな連帯と帝国主義の総括――、それらの問題は〈知識人〉の位置の再検討という課題と結びついて彼らの目の前にあった。その点、「明日」や「未来」という溌溂たる修辞をグループの表看板に掲げたように見えて、同人たちは、「ぼくたち」の未来が誰の過去と引き換えられてあるのか、誰の現在と対立してあるのか、当初から自覚的であらざるを得なかっただろう。冒頭で引いた花崎の詩篇は、キリスト者である花崎固有の傾きを示しながらも、そうした環境において未来や明日を思考することの意味が凝集された表現にもなっているように思われる。それは常に「何人《なんびと》かの血の量に値する重み」（花崎）を感じながら模索され、それゆえに重すぎるものでもあり、若い彼ら自身の身上との齟齬や葛藤も含めて詩に託された。そうである以上、本稿では出来る限り詩の言葉を振り返りながら、その展開を辿りたい。

一　駒場時代（1）――高揚と分断のなかで

ひと頃私は若さをほこる蛾であったので
さわに燃え立つ世界に烈しくぶつかった。
だのにその球はガラスであった。
ただひとりおまえの中で
私はむきだしの光と会った　おまえによって
――C・D・ルイス、山本恒訳〈私は若さをほこる蛾であったので〉

〈明日の会〉の活動の課題や消長については、主要なメンバーによる総括が何度かおこなわれているものの、それ以前の教養学部（駒場）での最初期の活動や顔ぶれについてはほとんど言及されていない。たしかに、「ETWAS」や「詩のつどい」時代には、確たる共通の課題がないまま色々な書き手が出入りしている状態であり、〈明日の会〉に接続しない雑多な要素も多くあっただろう。しかしながら、当時の駒場キャンパスにおいて、様々な立場の者が寄り集まって詩を書く、ということ自体が繊細な配慮の上にかろうじて成り立っていたという見方も可能である。

　この時期の環境を詳しく見渡すことで、〈明日の会〉への流れを見えやすくしておこう。「ETWAS」が「詩のつどい」へと発展する際、運営側（署名は「N」、執筆者不明、「にいこうめい」か）は次のように会の輪郭を規定している。

> 「私達は決して一定の綱領を掲げてきたのではなく、今後もそのようなことはないだろう。真の芸術は時と処と思想を超える。「僕の前に道はない、僕の後ろに道は出来る。」ひとりひとりがこの抱負にもえ、自由に人間としての魂のふるえの中から、真の芸術を求めてゆくとき、たとえ取るにたらないとしてもEtwasが掴《ママ》めるだろう。人間はEtwasを求め、Etwasを捉え、Etwasにすがり、Etwasをすてゝ去る。胎動の苦しみのみが尊い。」（N）「報告によせて」、「ETWAS」第三号、一九五一・四）

ETWAS（＝「何か」）を各人が摑めればよい、とするこの口ぶりは、当時の学内の動向からするとやや無性格にすぎるような印象もあるが、ポレミカルな状況にあるからこそ、詩誌としての間口の広さを強調する必要があったことも容易に想像できる。第二号の「編集後記」（山本恒）にも、「決して共通の主張を持ったものの集りではありません」、「Etwasはすべて詩を愛するものに開放されて居ります」と述べられており、この無性格さが、同人間で意図的に設定された綱領であることをうかがわせる。さらに引用すれば、第三号の「編集後記」（花崎皋平）にもまたそうした状況を思わせるふしがある。

「この季節に私たちの詩誌を出すことが出来たということ、どんなに未熟でつまらないものであるにせよ、一つの共通の関心に於て集ったものの自己主張が集められたということは喜んでよいことだと思う。私たちが、詩を、うたうことをさえ求めているならば、私たちはどうにかして一緒にうたいたいと思う。」

この季節、と花崎が言うのはどのような季節か。「ETWAS」を発行する「東京大学文学会詩研究会」が発足したのは一九五〇年六月。同じ月、GHQが日本共産党幹部の公職追放を指令し、デモが全面禁止され、朝鮮戦争が勃発する。アメリカの反共政策に否応なく加担させられることへの危機感と反発が強まり、各大学では、マルクス主義系の教員の追放を勧告するイールズ声明へ抗する気運が昂進。そして夏休み明けの九月、駒場では、レッド・パージ反対闘争のための戦略として前期試験ボイコットが決行される。当時、学生自治会および反戦学生同盟（AG《アージェー》）の活動に携わっていた岡田裕之によれば、「戦後学生運動の高揚を三つの波にたとえれば、これが「第一の波」」であった。「ETWAS」の活動時代、学内外を揺るがしたこの波の詳細について、重要なシーンであるためやや長くなるが岡田の言を引用しよう。

「9月に実施される前期試験は約半月続く。これを見送ればレッド・パージは実行されてしまい、闘争で阻止することはできない。／全学連はここで「試験ボイコット」の戦術を採用する。果たして学生がこれを支持するか、危険な賭けであった。だが、レッド・パージの危機感は学生の間に強く、この戦術は25日、法政大学を皮切りに、29日、東大駒場（新制の教養課程）などで成功する。（中略）だが、駒場の再試験ボイコットは10月5日、自治会で否決され、東京の闘争は勢いを失い始める。大学の正規の授業、試験日程の破壊は学生運動の劇薬であって、提起された政治課題を全学生に真剣に取り組ませる効果は大きいが、その無期限の継続は活動家以外の学生を不安に陥れる。（中略）レッド・パージ反対闘争は急速に勢いを失い沈滞状況に入り，中心の東大本郷（旧制の専門学部）さえ就職活動に覆われる。」
（岡田裕之「イールズ闘争とレッド・パージ反対闘争――1950年前後の学生運動、回顧と分析」『大原社会問題研究所雑誌』二〇一三・一、引用に際してカンマやピリオドを句読点に変更した）

当時、大学に身を置いていた学生や教員たちにおいて、この試験ボイコットについての語り口は様々であるが、ここに述べられている通り、自身の人生の長期的展望と折り合えない闘争の形が一般学生にとって過酷すぎたことは疑いない。大局では成功した一度目のボイコットの渦中でも、ピケをかいくぐり、裏手の垣を乗り越えてでも試験会場に辿り着こうとする学生たちはいた。このとき、閑散とした教室でそうした学生たちを出迎えた山下肇（教養学部助教授）は、「気持の差異は、ほんの紙一重」でありながら「態度をきめた瞬間、二派にはっきりと分かれてしまった」学生たちの様子を憂い、ボイコット戦術をめぐる分断に思いを馳せている。[3]花崎や、同じく編集発行に携わった山本恒はこの年、一年生であった。「ETWAS」もまた、九月下旬に第二号発行の予定が、折からのボイコット闘争で一ヶ月以上刊行が遅滞したという。花崎はこの時点ではボイコットという手段が不適切と考えて一部の試験を受けたが、[4]その後そのことを痛切に反省し、翌年四月には岡田と同じ反戦学生同盟（ＡＧ）へ加入。次いで、朝鮮戦争反対を掲げていたキリスト者平和会にも参加、徐々に活動家への道を歩みはじめる。

また、当時二年生の小田島雄志は、「ストやボイコットは、相手が企業なら有効だが、大学という場では的はずれではないか」[5]という違和感を抱え、活動する学友たちの姿をうしろから見ていた、という。ただし、生き生きとした彼らの姿に羨望の念も覚えながら。「恋と、キリスト教と、学生運動の、それぞれの場で、このままでいいのか、いけないのか、と揺れ動く自分のこと」を、小田島が花崎らと詩によって共有し始めるのは、まだ二年先のことである。

さて、このような学内の高揚と分断の季節に出発した「ETWAS」は、具体的にどのような詩的活動を展開していたかを確認しよう。前掲「報告によせて」（第三号）によれば、六月に雑誌の母胎である「東京大学文学会詩研究会」が発足した後、同会の内部で「詩学研究会東大支部」が派生。さらに一部の会員は「左翼的詩人とともに「詩の教室」につどった」とあるので、一年未満の間に、三系統の活動が内部で発生したことになる。

「詩学研究会」とは、「ETWAS」三号に寄稿している嵯峨信之や木原孝一が編集する『詩学』（詩学社）が主催していた若手育成のための研究会である。「ETWAS」二号の「研究会報告」において、「エトヴァスの有志で『詩学』と関係を持ち詩学研究会の支部を作ることが急速に具体化しています」と報告されているので、二号刊行後に無事に「東大支部」が成立したと思しい。[6] 当時の『詩学』は、鮎川信夫や田村隆一ら『荒地』グループの活躍をはじめとして、現代詩の動向を体現する立場にあった。

三号記載の活動記録を見ると、会の本体である「東京大学文学会詩研究会」の活動として、詩人や研究者を招いての「現代詩講座」が五〇年一二月の間に計四回開催されている。当時から東大教養学部で教えていた国文学の吉田精一、フランス文学の佐藤朔（慶應）、新日本文学会を牽引する壷井繁治、『荒地』グループの中桐雅夫、黒田三郎らの名が見え、実現しなかったが別の日に鮎川信夫にも打診したようだ。[7] これに加え、「詩学研究会東大支部」の発会式の講師は木原孝一が務めており、当時の詩壇の公器である『詩学』、および『詩学』誌上で大きな存在感を有していた『荒地』グループへの関心が高いことが伝わってくる。[8]

ちなみに、すべて確認したわけではないが、各講師への講演依頼は山本恒の名で出されており、依頼を受けた講演者たちは山本の実家である中渋谷教会宛[9]に諾否の返事を出している。山本恒は、森明の後継者として同教会の主任牧師を務めていた山本茂男牧師の次男。[10] のちに〈明日の会〉が結成された後も、メンバーの集会所、機関誌の発行所は一貫してこの山本宅＝中渋谷教会であった。「ETWAS」時代から、詩誌の発行の実務を請け負い、会の対外的な窓口の役割を果たしていたのが山本であったことがうかがえる。
最後に、左翼系詩人と協働する「詩の教室」の活動の詳細は誌面からは不明であるが、宇佐美誠一らが主導し、同題の雑誌として発刊されていた形跡がある（筆者未見）。「東大文学会詩研究会」の内部においては、このように詩壇の詩人たちをアドバイザーとして現代詩の新局面を議論・研究する面々と、より直接的に左翼文化運動に共鳴する面々とが同居していたらしいことがわかる。ここからくる詩風の不統一感は、「ETWAS」二号・三号の誌面にも顕著だが、しかし、それでもひとまず同じ船に乗ることが目指されていたのだろう。分派した活動をあらためて糾合する意味も込めて、機関誌のタイトルも新たに〈東大詩人サークル〉が編成されることになる。

なお、「詩のつどい」創刊直前の一九五一年五月一〇日時点でのサークル名簿（附載資料参照）によると、〈東大詩人サークル〉の当初の連絡先としては、共産党東大細胞との結びつきの強い民文研（東京大学民主主義文学研究会）内が設定されていた。だが実際には、発行拠点は駒場寮内部の民文研ではなく「山本方」はじめメンバーの居宅となっており、この間、詩誌の方針としてどのような調整があったのかは詳らかでない。この後、民文研と〈東大詩人サークル〉は、駒場祭などのイベントや詩集の発刊に際して頻繁に協働しているものの、あくまで別組織として動いていることから、出発時に何らかの軌道修正が図られたのかもしれない。「主義や傾向は問わない」、「教養学部の詩人集団」であること（「詩のつどい」三号編集後記）を、「ETWAS」から引き続き意図的に選択したと言えよう。当該の名簿によると、当初のメンバーは教養学部生が三十二名、各学部の「会友」が八名。「会友」の欄には、先に進学した金子嗣郎（医）や島良夫（英文）らの名が見える。ほかにも、理学、工学、経済学、教育学などの各学部に進んだ上級生たちとゆるやかに繋がりながら、教養学部助教授（仏文）の井上究一郎を指導教官（顧問）として、詩誌は新たに出発する。

二　駒場時代（2）――「ETWAS」「詩のつどい」の磁場

それは青ざめた季節のことだ
ただれた砂漠に　灰色の沈黙が沈んだ
timeless の地平線は凍り
地平線めがけて　人と絞首台の影が走り
一しきり黒い雨が　砂漠にしま模様を描くのだった
――松川八洲雄「ATOM の時代について」

「詩のつどい」創刊号（一九五一・七）の編集人は石川巌、条川光樹、花崎皋平、山本恒。花崎と山本は二年生に進級しており、石川と条川が一学年下の新入生である。発行所は「目黒区駒場東大教養学部内」、次いで第二号は「山本方」。山本はこれ以降は文学部（本郷）に移ってしまうので、第三・四号は「石川方」となる。

石川巌は、のちに朝日新聞に入社、軍事問題を主たる関心事とする辣腕ジャーナリストとして知られるようになる人物である。学部進学以降はサークルを離れたと思しいが、仲間内では「ガンちゃん」と呼ばれ、同期の条川光樹とは後年まで付き合いがあった。石川・条川と同学年の小海永二、松川八洲雄らも後半は編集発行に関与する。なお、小海と松川はともに都立日比谷高等学校の出身であり、東大入学前から詩作への関心を共有しつつ親交を結んでいた[11]。

創刊号「報告」によると、前節で見たサークル名簿からやや減員して、創刊時の会員は三〇名。発足から三ヶ月の間に十四回ほどの集まりをもったとあるから、実に活気ある滑り出しだろう。講演会や座談会の企画も引き続き活発で、酒井善孝、島田謹二、平井啓之、富士川英郎ら、こののち教養学部の基礎を築いていく英・仏・独文学研究の面々が講演者として登壇している。

これ以降、第四号までの間に、花崎を中心として、小海永二、粂川光樹、松川八洲雄といった〈明日の会〉に接続する顔ぶれが定着してゆくのだが、ここでもう少し立ち止まって、〈明日の会〉に合流しなかったこの時期の参加者のことを見渡しておきたい。繰り返しになるが、「ETWAS」「詩のつどい」は駒場の教養学部を拠点とする点で、各専門学部が置かれた本郷で発足した〈明日の会〉とは異なる磁場で成立していた。[12]旧制一高の解体・再編から間もない当時、駒場（旧一高）と本郷（旧帝大）の間には、当然ながら単なる教育課程上の役割以上の相違があり、学生運動の文脈に照らすと、日本共産党主流派か国際派かという対立抗争の種をも最初期から含んでいた。またそれでなくとも、学部の後期課程では卒業後の見通しを具体化し始めねばならず、「駒場では学生運動に活発だったものも、本郷へいくと、ぱったりそれをやめて、勉強しだす」（山下肇）[13]というような切断が起こりやすくもあった。

〈明日の会〉自体は、むしろ、進学後のそのような雰囲気の中で、社会的関心の高さを維持するべく集まっていたわけだが、駒場時代のメンバーには、やはり運動高潮期だからこそ同居し得た書き手が多く含まれていた。たとえば、同時期に民文研が多数出している反戦平和活動に関わる詩集の執筆者は、「ETWAS」「詩のつどい」の執筆者と少なからず重なっている。今ではいずれも稀覯本であるため、確認できた主たるものに関して見ておくと、「ETWAS」創刊とほぼ同時期に出された『反戦詩集 No.1』（一九五〇・六）に詩を寄せているのは、津田多可志、金戸逑、中里洋一、久我洋、徳武靖、諸田達男、須田旭、大野明男、蒿谷久三。また、「詩のつどい」二号と同時期に出された『歌いつゝ勝利え』（一九五一・一一）には、長部流二郎、石川巌、松崎佑亮、細川洋一、さくた・のぶひろ、小海永二、宇佐美誠一、田所泉、石川郁男、佐野澄夫、おおひら・さだゆき、池田守、まき・さんぺい、有馬朗人、やまもと（山本恒か）、もろた・たつお、にい・こう

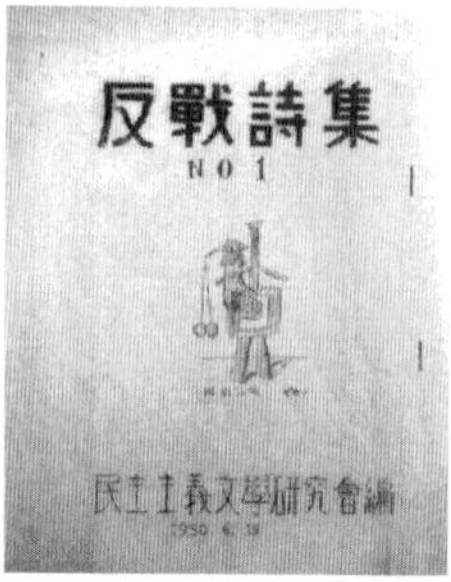

めい、くめ・みきお、藤木昌、ふじい・たかし、水尾徹らの名がある（イニシアルのみの執筆者は割愛）。
　こうした詩集は当時陸続と制作されており、「ETWAS」第二号の〈駒場の窓〉というセクションでは、既述の『反戦詩集 No.1』と『ラールポエティク』第一号（筆者未見、詳細不明）が、同年に駒場内で出された詩集として言及されている。主題としては反戦平和を旗印とするものでありながら、それでもやはり、文学青年的な気質を入り口とする者と、政治意識を入り口とする者が立ち混じり、折り合わないままに同居している様子が興味深い。こうした磁場において、大きく共通項となり得たのは、詩という表現媒体の選好という一事であったろう。また民文研内部の「抵抗文学研究会」や「仏文学研究会」なども、詩集を媒体としてL・アラゴンやP・エリュアールといったフランスのレジスタンス詩の邦訳を盛んにおこなっていた。これらは、専門家の後追いやテキスト研究の文脈とは異なる、同時代意識を基調とする若い世代による貴重な翻訳詩の試みでもあった。
　ちなみに、のちの〈明日の会〉のメンバーが、S・ヘルムリンのような社会主義詩人をはじめL・ヒューズ、F・G・ロルカなど社会的抑圧に抗した各国の詩人の作品の翻訳、紹介に注力し、翻訳詩のセクションを実に豊かに展開していくのは、一面では行儀の良い学術趣味のように見なされることもあったが、駒場時代のこうした国際的連帯のモードを発展させたものであったように見える。これに加えて、充実した講演会・研究会の企画からも知られるように、外国文学を専門とする教員たちとポジティブな関係性を構築し、制度内の学知を遮断する構えをとらなかったことが、後の〈明日の会〉を特徴づけてゆくことになると言ってよい。[14]学生運動の高潮と合流した若い世代の詩への関心が、始発期の東大教養学部のアカデミアとしての若さとも結びつきながら、同人たちの初発のプラットフォームを用意し得たことは興味深い。

「詩のつどい」に戻ろう。創刊号について特筆すべきは、詩をめぐる相互批評、批判の鋭さが前景化した誌面になっていることだろう。

花崎皋平「詩におけるリアリズムに就いてのぼくの立場から」は、「ETWAS」三号における諸田達男の「革命の文学へ」への反論であり、また宇佐美誠一「文学の出発点と方法について――ゴーリキーに学びつつ――」は、花崎の詩的方法への異議として提出されている。諸田‐花崎の対峙においては、革命へのパッションが至上の課題と言い募る諸田の一元的な主張を花崎が押しとどめ、花崎‐宇佐美の対峙においては、花崎の詩における政治的訴求力の不徹底さに宇佐美が物足りなさを言う構図となっている。詩と時代的課題との切り結び方をめぐって、この時期あらゆる局面で出来《しゅったい》した議論の枠組みが印象づけられるとともに、この時期から運動へのコミットメントを深めていく花崎が、詩人としてはある意味で孤塁を守るようにして理論と実作の強度を高めていく様子がうかがえよう。

議論の詳細は本誌に譲るが、詩論は常に実作のなかで有効性を測られるということをふまえれば、こうした理論面での対峙の構図のみならず、実際の詩篇がどのように向き合っているかを見ておくべきだろう。たとえば花崎は、創刊号に詩篇「速鳥」を載せている。花崎の初期の代表作と呼ぶべき作であるため、一部引用しておきたい。五一年一月の宮本百合子の葬儀に際し、「速鳥をうたう」（初出誌未詳）と題して作られたもので、「詩のつどい」創刊号では「速鳥」と改題、改稿のうえ掲載されている。

大きな樹が倒れた
この木を私たちは船につくろう

昔の人に倣って速い鳥のような船に
船は天に続く銀河をわけて進むためだ

この木で　私たちは塩を焼こう　琴をつくろう
地の塩を　七里《ななさと》に響《きこ》える琴を
すべての人にこの味を分ち
すべての人とこの音をきくために

宮本百合子を倒れた巨木にたとえたこの詩篇は、おそらく宇佐美の目には、風雲急を告げる日本の現状に対してひどく暢気なイマジネーションに見えた。「宮本百合子のすぐれた反帝国主義的文学を個人的感情の巾だけで捉えて」、「実践的呼びかけには身をそらしてよけて通る」小市民的態度に対する厳しいアンチテーゼがない。その点で、「いわば日本の現実の状態に於ては独り合点に陥い《ママ》っている」と宇佐美は言う。だがおそらく花崎の意図は、速船にまつわる王権奉仕の神話（船足の速さを誇り天皇の飲み水を運んだとされる）をそのまま百合子と民主主義の顕彰に置き換えることで、日本の歴史と社会構造のラディカルな組み替えへの意思を示すことであったと察せられる。目の前の具体的な社会的事象への言及がない代わりに、射程の長い歴史意識を導入して書かれていることが分かる。この詩篇に対する花崎の思い入れは強く、「詩のつどい」から第一詩集『明日の方へ』（国文社、一九五六・七）への収載時にも手が加えられ、さらに後年にも改稿した形跡がある。[15]

一方、花崎の詩へ具体的な批判を加えた宇佐美の詩篇「一枚の写真によせて――五月祭に――」「飯田橋事件によせて」（ともに創刊号）はどうだろうか。この二篇はそれぞれ朝鮮戦争、飯田橋事件[16]を取り上げて現下の情勢への抗議をつづるもので、前者はほぼそのままの形で東京都学生文学懇談会・学園評論編集部『日本学生詩集――ささやくように――』(理論社、一九五三・四)に採られている。[17] 一枚の写真に写る死者に戦死した兄を重ね合わせ、そこから朝鮮戦争の死者の像も喚起しながら、「いま隣国朝鮮に流される血を惜しみ/憎しみの声　呪いの叫びに心打たれ」る「私」が抵抗への決意を綴るという内容である。素朴な構成ながら、兄の戦死の詳細や、兄の内心を「私は知らない」と繰り返して死者の沈黙をかみしめ、しかし「その地の民衆に憎まれ/呪われながら死んで行った兄」の加害者性を引き受けるようにして「隣国朝鮮」との共闘に向かう道筋が立体的に示された好編であると言えよう。

あえて単純化して述べれば、当時の抵抗運動に共鳴して書かれた詩群のなかで、古代神話のイメージを現代に手繰り寄せる花崎の「速鳥」は異質であり、直近の問題への情動をもって当為へと誘う宇佐美の「一枚の写真によせて」は書き方のモードとしては典型的なものである。こののち、長く詩作と社会活動を伴走させてゆくことになる花崎の詩の特徴を体系的に見渡すことは本稿の手に余るが、近代文明が招来した大規模戦争や核技術、その危うい均衡の上になりたつ国際情勢をトータルに捉えようとすれば、本来は大きく歴史的、文明史的な視野が引き寄せられるのは自然だろう。先述した『日本学生詩集』に採られた花崎の詩篇「流刑地」(初出「詩のつどい」三号)においても、エジプト神話やキリスト教文明史に照らした壮大な歴史意識が描き出されている。当時の花崎が、そうした文明史的な観点から現代社会を描き出した『荒地』グループほか、ヨーロッパの現代詩の豊かな含蓄を汲み上げながら詩作していたことが、この時期の詩風からはよく伝わってくる。

ところで、前掲の宇佐美の詩篇が典型的に示しているように、この時期の学生運動を貫いていたのは、戦死者、とりわけ数年の差で運命をわけた兄の世代にあたる死者たちに対し、その無念にいかに実践的に応答するかという問いであった。東大戦没学生の手記『はるかなる山河に』(東大協同組合出版部、一九四七・一二)

や、東大以外の学生の遺稿も含めて次いで江湖に問われた『きけわだつみのこえ』（同、一九四九・一〇）は、よく知られているように、戦後の大学・高校における学生運動の紐帯となったのみならず、そこに示された学生たちの反戦意識において広く一般の関心・共感を集めていた。戦後における戦争体験の語り口をメディア論の観点から考究している福間良明によると、本来、大衆とはかけ離れたエリート集団である大学生たちの遺稿集に一般の読者が感動し得たのは、「戦時期に完全に抑え込まれた内省的教養主義やマルクス主義的教養主義の殉教者効果」が「教養信仰を復活させた」という事情を背景に、抑圧された戦没学生たちの内面が、庶民の政治不信や厭戦感情の投影先となり得たからであった。福間が端的にまとめるところを引こう。

「極東国際軍事裁判（東京裁判）では、南京をはじめ、各地での日本軍の暴虐行為が明らかになり、「東亜新秩序」「大東亜共栄圏」といった理念が欺瞞に満ちていたことが、広く知られるようになった。必然的に、多くの人々を戦争に巻き込み、戦死・罹災させ、しかも敗戦という結果を導いた軍部や政治家に対する国民の怨嗟の念は強いものとなった。そうしたなか、学問への熱情や肉親への愛情を断ち切って戦線に赴かなければならなかった学徒兵の悲哀に、人々はしばしば自らを投影した。」（福間良明『「戦争体験」の戦後史　世代・教養・イデオロギー』中公新書、二〇〇九・三）

こうして、「わだつみの悲劇」という合い言葉とともに広く社会に浸潤した戦没学生の悲哀への共感・共鳴は、一九五〇年の映画化（『日本戦歿学生の手記　きけ、わだつみの声』、東横映画）の効果ともあいまって、学生運動の戦線を大きく拡大することになった。東大協同組合から発足した日本戦没学生記念会（わだつみ会）の活動の詳細について、またこうした「戦没学生」の表象の功罪については、多くの記録や研究の蓄積があるためここで大局の説明に紙幅を割くことはしないが、〈明日の会〉メンバーの初発の紐帯となったのも、こうした「わだつみ」世代への応答責任の意識であった。前掲の宇佐美の詩がそうであるように、必ずしも運動の指導者側の論理を象るのではなく、何よりも自分自身にとって近しい戦死者をめぐる個別の未消化の感情を何とかして反戦という公的使命に転換しようとする心理の道筋が、この時期多くの詩的主体を生み出したのである。

ただし、創刊号で早々に打ち出された表現論をめぐる角逐の結果なのか、あるいは五一年以降、分派対立を深めていた活動組織（全学連・反戦学生同盟と共産党再建細胞・民青）同士の影響があったものか、宇佐美や諸田は「詩のつどい」創刊号以後、誌面にあらわれない。また「詩のつどい」は五一年から五二年にかけて四冊出されているが、後半にはすでに本郷で〈明日の会〉の活動が始まっており、確認しうる限り、三期目の新入生である入沢康夫が手がけたとおぼしい第五号（一九五四・二）以降の活動は不明である。入沢の名は「詩のつどい」第四号から見え、仏文学科へ進学後は〈明日の会〉にも合流し、〈明日の会〉解散後は『あもるふ』を立ち上げて活動を引き継いでゆく中心人物となる。第五号には、後に入沢とともに『あもるふ』の主力となる岩成達也、同一九五四年より『Purete』（後に『位置』）等に拠って詩作してゆく安藤元雄などが寄稿していた[18]。

〈明日の会〉には合流しなかった駒場時代の書き手のなかには、後に東大教養学部の教員となる亀井俊介、同経済学部の教員となる津曲直躬らの名がある。高校時代から北川冬彦らの詩誌『時間』の会員であった亀井は〈東大詩人サークル〉発足時から名簿に名を連ねており、〈明日の会〉と同時期に別のメンバーと「東大詩学研究会」を立ち上げている（機関誌は『詩学研究』、後に『SEZON』）[19]。当時の亀井の周辺は、一学年上の平井照敏の初期の活動の場とも近しく、この世代が学内外で営んだ詩誌・同人誌は多くが未検証といえよう。

また、後に教育学の分野で活躍してゆく宍戸健夫、三上満（誌上では筆名・山田満か）らは、前述の諸田とともに「ETWAS」立ち上げ時の主たる顔ぶれであったとおぼしい。後に大阪・枚方を地盤とする共産党議員として地方政治に取り組んでゆく諸田達男は、在学時は民文研および中研（中国研究会）の中心メンバーの一人で、中西進や松原治郎、宍戸健夫とともに東大俳句会を立ち上げるなど、文学活動も旺盛に展開していた。[20] 前掲の民文研編『反戦詩集 No.1』には諸田も詩を寄せているが、同詩集の扉には、「きけわだつみのこえ」の序文に掲げられた著名な詩の一節「死んだ人々は、もはや黙っては居られぬ以上、／生き残った人々は沈黙を守るべきなのか？」（ジャン・タルデュー「空席」、渡辺一夫訳）が同じように掲げられている。晩年の諸田がこの一節を挙げて、「この五〇年近い間、結局私は、これだけを考えつづけていたのかもしれません」[21]と述べていることを思い合わせておきたい。諸田ら駒場時代の多くのメンバーと別れた後も、〈明日の会〉はやはり、この一節をめぐる問いを共有し直すことで出発するのである。

三　For your tomorrow ――〈明日の会〉の発足

WHEN YOU GO HOME
TELL THEM OF US AND SAY
FOR YOUR TOMORROW
WE GAVE OUR TODAY

――The memorial to the Second Division at Kohima

〈明日の会〉と機関誌「ぼくたちの未来のために」（以下、「ぼくたち・・・」と略記する）の成立理念、また活動の経過をめぐっては、同人たちによって何度か詳しく説明されている。まず創刊号のマニフェストである花崎皋平「ぼくたちの未来のために」（一号）、次に小海永二「再び、僕たちの未来のために――僕たちの集りの成立条件について――」（一三号）があり、さらこの二つをふまえた形で書かれた山本恒「前進と後退――一グループの歩み」（アンソロジー『明日の会詩集　ぼくたちの未来のために』所収、別冊に併録）がある。ここでその内容を一から追いかけることはしないが、花崎のマニフェストは創刊号の巻頭にふさわしく、各人の生と詩作の全的結びつきを目指す詩的理念を打ち出し、小海は数年間の活動の具体的な経過をふまえてあらためてグループの意義を指さし、山本は解散の一年前の時点に至るまでの会の歩みを時系列的に整理している。特に編集発行人である山本による総括は、会をⅠ期からⅢ期に区分して（正確にはⅠ期のあとに「停滞期」の区分も設けられているが）、それぞれの時期の課題を具体的に振り返るものであり、これを繙けば〈明日の会〉の出発から終息までだいたいの輪郭を摑むことができる。

ただし、その後の詩史のなかで、換言すれば詩壇の歴史のなかで、〈明日の会〉について語る機会を多く持ったのは、山本ら初期メンバーであるよりはむしろ後半から活躍し〈あもるふの会〉を展開してゆく後発の顔ぶれであったと言ってよい。やや先走って述べれば、詩誌『あもるふ』へ移らなかった〈明日の会〉のメンバーのなかで直接的に詩の書き手であり続けたのはほぼ花崎と小海のみであり、花崎のほうは六〇年代以降はいわゆる詩壇の磁場を離れてゆく。小海についても、六〇年代以降、目立つのは批評活動であり、長期にわたって実作からは遠ざかっている。従って、もし「ぼくたち・・・」を戦後現代詩史の流れに位置付けるのであれば、まずは詩壇におけるフランス構造主義の導入に大きな役割を果たした入沢康夫や岩成達也ら『あもるふ』同人を輩出したという文脈を逸することは出来ない。だが、〈明日の会〉のメンバーが駒場時代のことまでは詳細に語らないように、『あもるふ』にとっての〈明日の会〉もまた全面展開以前の前史に留まってきたならば、本稿では、これまで光の当たらなかった初期からのメンバーの紐帯をまずは確認しておくべきだろう。

〈明日の会〉は、メンバーシップから言えば、述べてきたような東大詩人サークルの人脈と、小田島雄志を中心とする英文科の人脈とが重なったところから立ち上がったと言ってよい。小田島の記録によれば、最初の会合は一九五二年六月三日。このとき初めて花崎皋平と出会う。[22] 英文科には、当時四年生の小田島の同期として、初期から東大詩人サークルの周辺にいた島良夫がおり、そこにサークルの後輩である山本恒や池田守が三年生として進学してきていた。その他、英文科の中でアメリカ文学を専攻する斎藤忠利や、丹下一郎なども小田島との繋がりで会に参加したものだろう。詩人としての小田島の活動期間は短く、誌面に残した作品も実はごくわずかしかないのだが、にもかかわらず、小田島の存在は初期の〈明日の会〉において見かけ以上に大きかった。その点についてはまた後節で確認するとして、まずは〈明日の会〉の初発のコンセプトを確認しておこう。

あらためて述べれば、ひとつ上の世代の戦没学生に対する次世代者としての応答責任は、〈明日の会〉の出発にとって重要な共通認識であった。ただし、それが最初からある種の国際主義を前提として立ち上がっていることに注意したい。「僕たちの集りの成立条件について」、初期からのメンバーのひとりである小海が説明するところを引いてみよう。

> 第二次世界大戦が終わって世界の人々がひとしく痛感したことは、再びこの誤ちをくり返すなということであった。わけても、身近にあって豊かな未来への可能性を有していた友人たちを失い、自らは偶然に死を免かれた青年たちは、その残忍で愚劣な戦争、人類の最大の悪たる戦争に、腹の底から尽きぬ憎しみと怒りを感じたのも当然であった。彼らは再びこの誤ちをくり返すまいと誓った。世界の各国で戦没学生たちの手紙や手記や詩集が編まれたのも、その表われであった。「遙かなる山河に」や「聞けわだつみの声」の訴えが聞かれたのは日本だけではない。イギリスのケンブリッジ大学では、出身戦没学生の詩集が編まれ、それは意味深くも「For Your Tomorrow」と題された。「僕たちの未来のために」は、

その詩集の題に因んでつけられた誌名である。そうだ、死んで行った彼らが君たちの明日のために歌ってくれたのなら、国境を越えて、僕たちは僕たち皆の未来のために歌うことこそ、最も深く意義のあることではないのか。（小海永二「再び、僕たちの未来のために――僕たちの集りの成立条件について――」、一三号、一九五五・四、傍線引用者）

詩誌「ぼくたち・・・」のタイトルの由来は、少なくとも誌面上では、ここで初めて明示されている。創刊号における花崎のマニフェストはより抽象度が高く、イギリス版『きけわだつみのこえ』であるところの *For your tomorrow* (Oxford University Press ,1950) については言及がない。花崎は、「ぼくたちの未来のために、ぼくたちは何を望み、何を価値基準として行こうとするか、ぼくたちは単純に、人間を守るということだ、と言うつもりだ」（強調原文）と端的に述べている。詩作とは「人間を守るということ」。このキーフレーズは、〈明日の会〉が発足して二年半ほどが経った前掲の小海の文章の中でも繰り返されている。初期メンバーの多くが卒業して異なる環境に身を置いていたこの時、小海はあらためて最初期の出発点を示し求心化をはかったと言えよう。

イギリスの戦没学生による詩のアンソロジー *For your tomorrow : an anthology of poetry written by young men from English Public Schools, who fell in the World War, 1939-1945* は、副題の示す通り、実際にはケンブリッジ大学の学生に限らず、第二次大戦中に戦死したパブリック・スクールの卒業生の遺稿を集めて編纂された詩集である。[23] 小海がなぜこれをケンブリッジの学生の遺稿集として記憶しているのか、これについてはまた後述するが、まずこの“For your tomorrow”というタイトルの含蓄について簡単に確認しておきたい。第二次大戦の激戦地・コヒマに建てられた記念碑の碑文（コヒマ・エピタフ）として著名な一節でもあり、当該のアンソロジーの扉にも、日本軍と戦った英連邦軍第二師団のための記念碑の一節であることが明示的に掲げられていた。

When you go home / Tell them of us and say / For your tomorrow / We gave our today

（君、故郷に帰りなば伝えよ／祖国の明日の為に死んで逝った／われらのことを）

コモンウェルス戦争墓地委員会（Commonwealth War Graves Commission, CWGC）がコヒマ中心部のギャリソン・ヒルに建立したこの記念碑の碑文は、もともとはケンブリッジ大学のジョン・マクスウェル・エドモンズ（John Maxwell Edmonds）が第一次大戦中に作った十二篇の碑文のうちの一つであり、当初は「フランスにある英国墓地のために」と題されていた。[24] 従ってコヒマ戦に際して書き起こされたものではないのだが、コヒマ・エピタフとして定着することにより、イギリスにおける戦死者追悼の場において繰り返し参照される重要な詩句として機能してゆくことになる。

ところで、右に掲出した日本語訳は、コヒマにカトリックの聖堂を建立するに際して、日本のコヒマ戦生存戦友会と遺族会とが建立資金を奉納したことを示す記念碑の〈奉納趣意書〉銅板（一九八九年一月）による。コヒマ・エピタフをこの日本語訳で引用・参照したうえで、「ガリソン丘にあるこの碑文は、亡くなった日・英・印全将兵に共通の想いであり、そして彼らが願った「祖国の明日」とは、平和と繁栄に満ちた祖国だったと確信します」と趣意書は続く。逐語的に訳すのであれば、後半の二行は「君らの明日のために／われらは今日を捧げた」となるべきところだが、ナショナリティを超えた慰霊の場にふさわしく、呼びかける主体と客体の関係性があえて曖昧に訳されているのが分かる。[25]

言うまでもないことだが、この碑文が呼びかける宛先は本来、遠方で死んだ戦死者の祖国／故郷の人々であり、作者であるエドモンズが参照した古代ギリシャの墓碑銘[26]に遡っても、死者と同じ共同体に属する生者との紐帯のための言葉であることは疑いない。つまり「われら」と「君ら」の絆の内側の言葉であって、本来、敵や敵の子孫といった外部を想像させるものではない。くだんの〈奉納趣意書〉のような日本語訳が必要なのは、日本兵を対象に含めた合同慰霊の実現のためであり、逆に言えばもとの形態ではどうしても「君ら／われら」の排他性が際立つということでもある。コヒマ・エピタフを「日・英・印全将兵」のためのものとして日本語で掲出するまでには、長い道のりが必要であったと言えよう。[27]

興味深いことは、そうした苦難に満ちた戦後のポリティクスとは対照的にと言うべきか、〈明日の会〉が *For your tomorrow* を媒介として、戦没学生の像を最初から当然のようにユニバーサルなものとして受け止めていることだろう。キリスト教を連帯の糸口とし得る同人が多かったこととも関わるであろうが、小海たちは、彼我の大きな差に躓く様子も見せずに、イギリスの戦没学生に「国境を超え」て呼びかけられた「君たち」としての「僕たち」という共同性を立ち上げる。この語り口は、後年の小田島雄志の回顧録においても共通しているから、やはり〈明日の会〉出発時の共通了解であったと思しい。小田島は、「ケンブリッジに学ぶ若き詩人たちが、「君たちの未来のために」と言ってこの詩集を遺してくれたのなら、ぼくたちはそれを「ぼくたちの未来のために」受けとらねばならない、と思って、詩誌の題名としたのである」と振り返っている。[28]

五〇年代、左翼政党の直接の影響下にあった学生運動は少なくとも理論面においては各国の学生層との国際的連帯を唱えるものであり、『きけわだつみのこえ』自体も五〇年代半ばから仏・独・英の各言語に翻訳され、「日本の良心」の所在を示して共感を広げていた。[29] その点では、国境を超えた連帯意識の中心に戦没学生を据えること自体は、当時として極めて自然な発想であったろう。だが一方で、実効的な闘争の必要性を主張する文脈においては、とりわけ日本の戦没学生の像は、戦後の学生が否定的に乗り越えるべき無力なインテリの像でもあった。この発想の延長線上に、よく知られた全共闘運動の渦中での「わだつみ像」の破壊

（立命館大学、一九六九年五月）があるわけだが、当時の東大の学生運動の中心部においても、「わだつみ」世代の学生たちは、たとえば以下のように措定されていた。

「「きけわだつみの声」をふたたびくりかえすまいと決意する日本の民主的学生は、同時にこの「自由戦士」の歴史をうけつぎこの灯をたかくかかげることを誓わねばならない。なぜならば、自由の戦士のたたかいからはなれ、それを回避した学生たちがたどった悲しむべき歴史こそが「きけわだつみの声」であるからだ。そして、彼らとは反対に断固として生命をかけて自由と人間性を守るためにたたかいぬいた先輩から、日本学生のゆくべき道をまなばねばならないのである。（中略）この瞬間にたたかわない学生が、明日はみじめな戦没学生になることを、現代の歴史は無慈悲にてらしだしているのである。」（武井昭夫「国際学連・全学連の伝統と意義を論ず」『学生評論』一九五一・三）

全学連の初代総長であった武井昭夫がこのような檄を飛ばしているのとほぼ同じ時期、花崎皋平は、「ETWAS」三号の「詩をめぐっての覚え書的書簡」のなかで、日米双方に多数の死傷者を出したタラワ戦の墓碑に捧げられたアメリカの無名兵士の詩[30]に注目し、以下のように述べている。

「「きけ、わたつみの声」のなかの無名戦士たちが、あのくらい死のかげの谷間に於ける最もすぐれた証人であったように、このアメリカ海兵隊の無名の兵士の詩もその役目を十全に果しているように私には思われます。（略）私たちに誠実さがあるとするならば、私たちの時代を否まないように、眼をそむけないように、たとえ耐え難くとも、みつめつづけ、証ししつづけて行くことであろうと思うのです。それが、少くとも詩を書いている限りのものの任務であり、責任であると私は云いたいのです。」（強調原文）

ここには、常に時代の「証言」としての詩を志してゆくことになる花崎の原点が明確にあらわれている。花崎はおそらくそれゆえに、日本の戦没学生とアメリカの海兵隊員とを、時代の「最もすぐれた証人」すなわち最もすぐれた詩人として、同じ地平で受け止めることが出来た。日本の戦没学生にせよ、イギリスのパブリックスクールの卒業者にせよ、エリーティズムや戦争責任の問題に関して、この後、政治的な摩擦のただなかで多重的な文脈を帯びざるを得なくなってゆくことを思えば、ナショナリティや階級の断層を超えて、戦没者たちから何よりも同じ時代の「詩」を聴き取った姿勢は貴重なものと言うべきだろう。

ただし、述べてきたような感銘をもって受け止められた *For your tomorrow* だが、グループ内で輪読したり、精読したりという機会がどの程度あったのかは分からない。詩集そのものの詳しい紹介は誌上ではおこなわれておらず、先に引用した通り、小海も小田島もケンブリッジの戦没学生の詩集であると誤認していることから、原著を検証できる状況になかったらしいことがわかる。従って、〈明日の会〉同人は、実のところアンソロジーのごく一部に触れただけなのかもしれない。この点に関して、花崎によれば、当時、英文の平井正穂助教授の授業で *For your tomorrow* を扱ったのだという。[31] 原著がないにもかかわらず会の共通理念にまでなったことを考えると、花崎の記憶する通り、同人が出席していた授業内で部分的に共有されたと考えるのが自然だろう。

「ぼくたち・・・」誌上における *For your tomorrow* からの詩の翻訳は、ロバート・ジョリー「写真と手紙に」（二一号、一九五五・一二）、「月の光」（二二号、一九五六・二）の二篇、[32] いずれも山本恒による。原著の注記によると、ロバート・ジョリー（Robert Bencraft Joly）はクリフトン・カレッジ出身、従軍時にはケンブリッジ大学の学生であった。

会の出発の契機となった詩集の翻訳・紹介にしてはタイミングが遅く、訳出の分量も控えめである。それを考えると、直接的な形ではないが、*For your tomorrow* への応答の意識は、創刊号におけるシドニー・キーズへの言及のなかにまずは込められていたのだろう。シドニー・キーズに関しては底本となり得る詩集がほかにあるが、収録があるという意味では、詩篇「荒野」（"THE WILDERNESS" 小田島雄志訳、創刊号）は *For your tomorrow* にも収められている。また、「ぼくたち・・・」創刊の前年には、まだ大学四年生であった由良君美を介して紹介されたマイケル・マイヤア「シドニイ・キイズについて」（『詩学』一九五一・一二、*The collected poems of Sidney Keyes* の序文の邦訳）が同人の耳目をひいたはずである。由良は「懺悔し、嘲笑し去るにはあまりにも戦いが自らの抜き差しならぬ体験の一つ」であるような、「この国のある世代」に対するキイズの問いの重みについて述べていた。「殉難よりも死よりも一層困難な愛の使命が、どこかの国民の世界史的な使命として残されているとキイズが云うとき、私が先に申したこの国のある世代――若しそれが実在するならば――に、如何なる鉤として、キイズの姿は沈んでゆくことであろうか」。こうした由良の言葉は、イギリスの戦没学生との間に「君ら／われら」の絆を想像し得た〈明日の会〉の姿勢とよく響き合っている。（ただし、「ぼくたち・・・」創刊号の島良夫「シドニイ・キイズの世界」におけるキーズへの評価は、最終的に民主主義文学としては価値づけられないという傾きもあってやや否定的である。）

なお、管見に触れた限り学内でこのアンソロジーが広く関心を集めた形跡はなく、「東京大学学生新聞」に短いレビューが掲載されているのみであるが[33]、平井の担当科目「英文学の主潮」において平井自身の次世代へ向けた真率な願いが語られたことを、同新聞への寄稿で山本恒が伝えている[34]。

発足時の〈明日の会〉にとって、英文科の面々との合流や、まだ四〇代はじめだった平井の授業が、生きたイギリス現代詩への窓口のひとつとなったことは確かだろう。この後〈明日の会〉は、小海永二や入沢康夫ら仏文のメンバーとも合流し、それぞれが専攻する外国文学への関心や語学力の高さを生かして各国の現代詩の翻訳をおこない、重要な詩誌の特徴として育ててゆくことになる。

四　翻訳とアカデミズム

嘗ては明るく輝いたある国から、私は君に便りする。マントと亡霊の国から便りする。私らは数年前からこゝで生き、半旗あげたパリの裁判所附属監獄に暮しているのだ。おゝ！夏よ、捕われの夏！その時以来いつも同じ日だ。殻をかぶった追憶の日ばかりだ。

――アンリ・ミショオ、小海永二訳〈手紙〉

海外の同時代文学への関心の高さや、それに伴う国際感覚が同人たち自身においてどのように認識されていたかと言えば、もちろん一様ではないだろう。前節で触れた通り、〈明日の会〉の輪郭について自らまとめているのは花崎、小海、山本の三人だが、時期の問題とも関わって、その認識はそれぞれ重心が異なっている印象を受ける。たとえば花崎は、創刊のマニフェストにおいて次のように述べていた。

「「ぼくたちの未来のために」――とぼくは繰返し呟いてみる。ぼくたちは嘗ての詩人たちのように未来の読者のために俺は書くのだと言おうなどとは決して思いはしない。何かしら書かねばならぬのなら、もはやこの原子力の時代、一歩踏み誤れば野蛮の岸辺へ流れて行かざるを得なくなる人類の未来についての、何等かの認識を拒むことは不可能であるというのだ。その意味でぼくたちは諸外国の詩人達や思想家達から多くのことを学びたいと思っている。」（創刊号、一九五二・一一）

ここでは、諸外国の知性に学ぶことの意義は、近代科学技術の極点に現れた核という脅威が、否応なくすべての「人類」の共通の未来を思考させるはずである、という現代意識から導かれている。「言語すらが共通であり得ない関係のなかで、人間から人間に伝わる詩を書くことが出来なければ、ぼくたちの意図は実現されない」――花崎の打ち出す「人間」という概念が、こうした開かれた連帯への志向性に基づいている以上、言語間の横断は現代詩人にとって必須の営みとして現れてくるだろう。

一方、それから三年後の小海の主張は、こうした基部をおそらくは共有しながらも、いささか調子が異なっている。

「フランスの詩人、あるいはイギリスの詩人だから、彼らが我々より優れているのではないということは、ここにはっきりと断言しておかねばならないが、（中略）彼らがこう云ったああ云ったと、引用に終始することは恥じなければならないが、僕たちの詩を富ませるために僕たちは外国の詩人の仕事に強い関心を持っている。とりわけ現代の彼らの詩業に関心を持っている。だから、僕たちのグループは、外国の詩の研究をその一目的とする。」（一三号、一九五五・四）

英語・仏語で書かれた現代詩への興味を、ヨーロッパ中心主義として批判するかもしれない他者のまなざしを想定して、小海がここまで防衛的に構えざるを得ないのはなぜなのか、理由は想像しやすい。眼前の社会的・政治的課題へのコミットメントを明確に志向しながら、近代ヨーロッパの思想的厚みにも連なろうとする〈明日の会〉の外国語志向は、時として露骨な「東大アカデミズム」の発現と見なされただろう。事実、〈明日の会〉には大学院進学者も多く、そのうちほとんどは最終的に大学教員となってゆく。山本恒は、この小海の再出発の辞とほぼ時を同じくして、詩誌を代表して出席した座談会で以下のように述べている。

「はじめ東大の学生ばかりで作ったもんですから一種のアカデミズムと申しますか、外国文学の紹介といった風な傾向が強かったんですが、現在でもその傾向は多少あるんですが、だんだん新しい人が外部から入ってくるようになりまして、必ずしもそういった外国詩の紹介が特徴ではなくなって来ていると思います。」（川崎洋、清水正吾、那須博、山本恒、小林秀夫、松田幸雄、堀川正美、大野純「座談会　リトル・マガジンの問題」『詩学』一九五五・一二）

ここでは、初発の国際的連帯への意思は影を潜め、小海の場合と同じように、気取った学匠グループ風に見なされることへの弁明と自己修正の意識が見て取れる。山本はさらに一年後のアンソロジー所収のエッセイ「前進と後退」（既出）においては、初期の〈明日の会〉が「学生運動と東大のアカデミズム」双方の影響下にあり、「勉学か、社会的実践か」の二律背反を抱えていたと端的に述べているが、本来はそうした生活の全体性を担い得たはずの詩作が、分裂と矛盾相剋の場にならざるを得なかった点に、〈明日の会〉が内側に抱え込んだ自己批評の困難さがあったように思われる。たとえば彼らが当初の指針に定めていた『荒地』グループにしても、T・S・エリオットやW・H・オーデンの詩論を頻繁に引用して理路を固めている点について、批判的な陣営からは「英米詩壇に出資を仰ぐ啓蒙教会の使徒」[35]という類の痛罵を向けられていた。『荒地』グループより一回り若く、『荒地』グループよりも水平的な連帯意識に期待をかけていた〈明日の会〉にとって、同種の批判が内面化されて軛となっていっただろうことは想像に難くない。

とはいえ、メンバーは詩を介した海外思潮の翻訳・紹介の作業を中盤以降も持続させており、多くの成果を残している。英語圏からは第二次大戦で没したイギリスのシドニー・キーズ（小田島訳）、アメリカの黒人文学の旗手ラングストン・ヒューズ（斎藤訳）、『原子力時代の三部作』で著名なイーディス・シットウェル（山本訳）、フランス語からは強制収容所を生き延びたジャン・ケロール（花崎訳）、平明な表現で庶民の哀歓を掬い取ったジャック・プレヴェール（金子、入沢訳）などが選ばれて訳出されている。また、スペイン内戦で処刑されたフェデリコ・ガルシア・ロルカ（小海訳）、トルコの革命家詩人ナーズム・ヒクメット（山本訳）らの詩の翻訳も、日本での受容史の観点からは極めて早い時期に位置付けられる試みであり、英・仏語からの重訳ではあるが、[36]〈明日の会〉における当時の世界文学との共振がよく伝わってくる。

また、東ドイツの社会主義詩人シュテファン・ヘルムリンや、ヘルムリンに影響を与えたチリのパブロ・ネルーダ（いずれも花崎訳）への注目もまたごく早い時期からのものであり、両者のドイツ語からの重訳を試みた花崎は、その後ネルーダとの交流を持ち、ネルーダは花崎の私信をスペイン語訳して自らの本の冒頭に掲げたという。[37] まさに世界の明日を占うようにして、同人たちは率先して多言語状況のなかに身を置き続けたと言えよう。

「ぼくたち・・・」におけるこうした試みの一部は、国文社の〈ピポー叢書〉から江湖に問われている。S・ヘルムリン／花崎皋平訳『鳩のとびたち』（一九五五・四）、C・D・ルイス／小田島雄志訳『ナバラ』（一九五六・六）、F・G・ロルカ／小海永二訳『月とオリーブの歌』（一九五六・七）、L・ヒューズ／斎藤忠利訳『ニグロと河』（一九五八・二）などの刊行が続き、同社からは花崎の第一詩集『明日の方へ』（一九五六・七）や第二詩集『年代記』（一九五九・一二）も上梓されている。

なお、ロルカ紹介の先駆者となる小海のもう一つの仕事として、書肆ユリイカから続けて出された『アンリ・ミショオ詩集』（一九五五・三）、アンドレ・ジイド『アンリ・ミショオの発見』（一九五六・三）、アンリ・ミショオ『プリュームという男』（一九五九・一）などH・ミショーに関する一連の翻訳も逸することは出来まい。書肆ユリイカは、『荒地』グループの後の戦後派世代の拠り所となった出版社であり、小海や、小海の詩集にあとがきを寄せている同じ世代の大岡信、飯島耕一、また入沢康夫らの初期の活動を強力に後押しした。小海の第一詩集『峠』[38]（一九五四・九）や第二詩集『風土』（一九五六・七）、また小海や大岡、飯島が訳者として参加した『現代フランス詩人集』（一九五五・一二）なども書肆ユリイカを版元としており、小海ほか訳の『ロルカ選集』全四冊（一九五八・六〜一九五九・一一）も、同社から出されてロルカを日本に定着させる契機となった。

翻訳業に関して本誌がその揺籃としての役割を果したという点では、斎藤忠利がこの先長く取り組んでゆくラングストン・ヒューズの存在感も大きい。ヒューズをはじめ戦後における黒人文学の翻訳・紹介については、斎藤にとって英文科の先輩にあたる木島始が先鞭をつけ、『ことごとくの声あげて歌え アメリカ黒人詩集』（未来社、一九五二・五）をはじめ木島訳として多くの詩集が出ているが、斎藤も九〇年代にいたるまで『黒人街のシェイクスピア』（一九六二・一）、『驚異の野原』（一九七七・七）、『夢の番人』（一九九四・二）、『晴着を質屋に』（一九九七・四）などヒューズの新たな訳詩集を国文社から持続的に世に出している。「ぼくたち・・・」三号においては、斎藤訳のヒューズの詩篇と同時に、小海の評論「民族の黒い魂の歌い手たち――フランス黒人詩についてのノート――」が載っており、それは「基地問題を始め、植民地的種々相にかこまれて、民族文化興隆の必然性を感じている私たち」（山本）の現在を映す問題系でもあった。こうした関心の延長線上に、後年の山本がインドの英語文学の探求に赴くことも[39]、思い合わせておいてよいだろう。

先に、〈明日の会〉が、エリーティズムやアカデミズムをめぐる内外の批評意識と向き合わざるを得ず、それが葛藤を生み出していたことに触れたが、翻訳作業は、彼らの詩的関心と学究的意欲、さらに現代意識が交叉する地平を、創作詩よりも柔軟な形で誌面に用意し得ていたとも言える。とりわけ、〈明日の会〉においては、作り手の人間観や社会意識の反映として読まれた創作詩をめぐる相互批評が先鋭化する傾向にあり、ややもすると「創作意欲は窒息状態」（山本、「前進と後退」）という状況に陥りがちであった。無論、翻訳であれば訳者自身の問題が問われずに済むわけではない。たとえば、「ぼくたち・・・」には、花崎のヘルムリンと、小海のミショーとを、両者の対象選択の必然性にまでふみこんで双方が批評し合うシーンがある（花崎「『ミショオ詩集』にふれながら――小海永二への手紙――」、および小海「ヘルムリン詩集『鳩のとびたち』をめぐって――花崎皋平への手紙――」一六号、一九五五・七）が、詩人としての花崎と小海の資質の差までが不可避的に問われている。複数の言語を扱う詩人にとっては、本来、詩の創作と翻訳の現場は極めて近しいところにある。そうであれば、斎藤や山本のように、自身の現在を翻訳詩に託す書き手の存在が、〈明日の会〉の詩的土壌を支えていたこともまた確かなことだろう。やや先走って、「ぼくたち・・・」の終刊号を覗いてみると、翻訳詩の発表が中心だった斎藤忠利は、自分の詩を作ることへの夢を語りながらも、訳稿に心血を注ぐアカデミシャンもまた「詩人」であると言おうとしている（「詩の書けない詩誌同人――「明日の会」と僕――」）。

詩人であり生活者であること、また活動家であることを両立させる書き手たちの台頭は、多くの五〇年代詩誌を活気づかせたが、〈明日の会〉はそこに、学究であること、という層をも抱えていた。彼らの翻訳への情熱は、詩と研究と社会的関心との、まだ画定されない境目において息づくことが出来たのではないだろうか。

五　詩壇とサークルのあいだ

少年時代　壁のような冬の寒気を木銃で突きながら
憎むことしか教えられなかった僕は
愛することに臆病だった。僕は女に云った。
二人でお互いの愛を温めて行こうねと。

だが握り合う指先から冷たい記憶は去らなかった。
ぶつかる視線から未来は羽搏たかなかった。

――小田島雄志〈木銃〉

ここまで、同人たちが身を置いた学生運動をめぐる学内状況や、アカデミアとしての磁場を確認しながら、彼らの詩作の現場を検証してきたが、ここでいったん学外に目を転じておきたい。冒頭で触れた通り、〈明日の会〉は、メンバーが東大在学中に発足してはいるが、全員が学部生だったのは創刊号のみで、第二号からはすでに小田島や島良夫の世代は卒業生となり、以後、大学院生や医学部生として引き続き学内にいた者も多かったものの、徐々に新同人も迎えて異なる局面を迎えていくことになる。そのことも含め、学生や若い研究者たちの詩誌という枠を超えた活動の広がりについて目を配っておく必要があるだろう。

〈明日の会〉全体としての傾向や詩誌の特徴については述べてきた通りだが、全国の同人詩誌が空前の活況を呈していたこの時期、詩の書き手は実に旺盛にいくつものリトル・マガジンを作っており、〈明日の会〉の同人もまた、並行していくつもの詩誌に参加していた。[40] それぞれが詩的課題を会の内部に持ち込んだりまた持ち出したりする経路のなかに、同人誌全盛時代としての五〇年代特有の動態が見てとれるだろう。さらには、当時の現代詩に関する動向を体現する存在だった詩誌『詩学』や『現代詩』（これらを〈詩壇〉と呼びかえてもよいだろう）においても、全国の同人誌やサークル誌への関心は高く、頻繁に関連特集を組んでいた。以下、主要な数人を取り上げるのみとなるが、「ぼくたち・・・」におけるそうした詩壇との関わりや外部との通路について見渡しておこう。

まず、初期から一貫してグループの牽引者であった花崎皋平は、一九五二年三月頃から新日本文学会と関わり出し、〈明日の会〉発足とほぼ同時期に共産党に入党、当時「テク」（テクニックの意）と呼ばれた非公然党員としての活動を本格的に開始している。一方で、花崎は同人たちの間ではおそらく最も早く、若手詩人として全国誌へ名を連ねていた。『詩学』誌上の「全国代表詩誌」特集で「詩のつどい」代表として詩篇「雲のうた」（一九五一・九）を載せて以来、[41] それに類する特集や年間の代表詩特集において定期的に花崎の名が確認できる。五〇年代半ばくらいまでの『詩学』誌上の作品をざっと見渡せば、「泥濘」（五二・九）、「暗い鏡」（五二・一二）、「中間詩」（五三・二）、「炎の道」（五四・一一）、「鳥たち」（五六・三）、「婚約」（五六・九）などであるが、それらの作品の初出誌は様々であり、当時の花崎の活動域の広さを思わせる。また、五三年に詩学推薦作品となった「中間詩」や、五六年の「鳥たち」は同人誌を経由していない。花崎はのちに詩壇の中心を離れ、詩風も現代詩の主流から意図的に逸れてゆくことになるのだが、〈明日の会〉活動当時は詩人として全国区の舞台にいたと言ってよい。

三節で確認したように、時代の証言者であることを詩人の責務として設定した花崎は、時代の動きの傍らに密着して伴走するような時事性の強い詩を多く書いている。松川事件の控訴審を控える被告たちと面会したうえ、「松川判決について」三部作（「ぼくたち・・・」五号、一九五四・六）を書き、また「炎と水」（同六号、一九五四・七）ではソ連に対する機密漏洩で死刑となったローゼンバーグ夫妻への共感と共闘の意を寄せた。のちに在野の哲学者、活動家として数々の社会運動を立ち上げてゆく花崎の源流を辿ろうとすれば、こうした文脈の詩作がまず一番に目につくだろう。社会派のグループとしての〈明日の会〉の先頭に立ったのも花崎であり、それは実のところ、「前進的な姿勢で政治的テーマを貫いたのは殆ど花崎一人」（山本、「前進と後退」）と評されるほど突出した位置でもあった。この時期までの詩的歩みについては、〈明日の会〉活動中盤の時期、花崎自身は以下のように語っている。

「アメリカのハート・クレインやロバート・ロウエル、イギリスのシットウェルやエリオット、フランスのP・エマニュエル、J・ケイロール、S・J・ペルスなどを乱読し西欧の伝統的なキリスト教の思想と詩とのからみあいにぶつかろうと努力した。しかしまだ思想と詩、現存在と歌とは、二つの別のものであり、それ［を］結びつけているものは、詩に内在的な要素ではなく、外的な、形而上学的な要素であった。(中略)人民広場のメーデー事件、破防法、松川事件第二審判決、と、一九五三年の出来事のすべてを幸いにも身をもってうけとれたこと、そのなかで味わった衝撃と苦痛が、私のバベルの塔をつき崩した。私はキルケゴールの主観的立場を脱け出て、ヘーゲルへとさかのぼり、そこでマルクスが学びとったものにぶつかってみようと志した。(中略)私に、詩が形象的認識であり、その弁証法を通じて現実を把握し、人々に働きかけるようにうながしてくれるものは、マルクス主義の理論である。そしてこのような方向での私の意図を支えてくれる詩人は、植民地従属国の詩人たち、ネルーダやヒクメットやラングストン・ヒューズである。」(花崎皋平「「歌」と「現実」」『詩学』一九五六・三)

これは『詩学』誌上で企画された〈詩的精神史〉という小セクションに寄稿されたもので、数年の間に、花崎の中で詩作の軸がいかに変化していったかが語られている。「ぼくたち・・・」の誌面では、一七号(一九五五・八)で企画された〈花崎皋平作品集〉において、「この数年間の彼の詩風の変化のはげしさ」が指摘されていることが思い起こされる。キリスト者としての形而上学とマルクス主義の理論との融合の過程、そしてポストコロニアル状況における抵抗詩人たちとの連帯にいたる花崎の精神史は、政治的実践や実作の志向において同人間で突出していたにもせよ、〈明日の会〉の関心の幅を説明し得るものだろう。そして、日本の現状に対する変革への意思をうながす各国の抵抗詩への関心は、広く詩壇の潮流とも歩を合わせるものでもあった。

ここで当時の詩壇状況をごく簡単に一瞥しておくと、戦後詩のシーンを牽引してきた『詩学』に対し、後発の総合詩誌として『現代詩』(新日本文学会詩委員会、後に現代詩の会)が創刊されたのが一九五四年七月のことである。その前に、日本共産党のいわゆる「五〇年分裂」に際し、その影響下にあった雑誌『新日本文学』から『人民文学』が分派、それぞれ対抗関係にあったわけだが、後者はさらに人民文学詩委員会を立ち上げて詩誌『詩運動』（一九五三・一）を創刊、当時全国的な広がりを見せていたサークル詩運動を領導していた。それを追いかけるように、新日本文学会は詩に特化した機関誌として上述の『現代詩』を創刊、先発の詩誌として『荒地』への対抗軸を作っていた『列島』とともに、詩人たちの統一的な磁場の創出を目指した。やや粗雑なまとめ方になるが、つまり草の根のサークル誌や独立した同人誌活動に対して既成詩壇が強固な輪郭を保っていたというよりは、当時の気運の中では、サークル誌や同人誌に民主主義文学の期待をかける総合詩誌の指導的な働きかけも強く、抵抗主体として連帯することでいかに国民的文学を作り上げるかという共通の関心が前景化していた。詩はそこで重要な位置を占めていたのである。

五〇年代中盤あたりから、花崎や小海はこの『現代詩』に頻繁に寄稿しており、〈明日の会〉の関心がそうした気運と共鳴していることは確認しやすい。実作以外では、やはり海外の抵抗詩人の翻訳・紹介が目を引く。山本訳のヒクメット「日本の漁夫」（『現代詩』一九五五・八）や花崎訳のネルーダ「ああ！いつ　ああ！いついつなのか」（同一九五六・一）があり、また花崎「ラテン・アメリカの民族詩人覚書」（同一九五七・九）ではネルーダを糸口としてチリのガブリエラ・ミストラルや、キューバのニコラス・ギレン、アルゼンチンのゴンザレス・カルバロらが紹介されている。（小海に関してはロルカ訳に関する柾木恭介との応酬がある。[42]）

このように中盤以降の〈明日の会〉は、「ぼくたち・・・」を母胎としながらも、花崎を筆頭に同人誌の域を超えた発信力をもち、その往還のなかで活動していた。そして詩の翻訳は、当時の詩壇状況との関わりにおいても大きな窓口であった。その点について、野間宏、小内原文雄編『フランス解放詩集』（河出書房、一九五四・五）と、木下順二、木島始編『イギリス解放詩集』（河出書房、一九五四・六）に〈明日の会〉初期メンバーの多くが参加していることは象徴的であろう。後者の掉尾を飾ったエセル・ローゼンバーグ「もしもわたしたちが死んだなら」（山本訳）は、「ぼくたち・・・」四号の巻頭詩でもあった。

さらに『詩学』誌上でも、一九五五年度「代表訳詩集」（『詩学』一九五六・一）には花崎訳ネルーダ「海に」、山本訳ヒクメット「死んだ少女」、小海訳ロルカ「海のほとりに歩みを運び」が並んでおり、いずれも「ぼくたち・・・」を初出とする。また一九五七年度の代表訳詩（『詩学』一九五八・二）としては小海訳レオポルド・セダール・サンゴール「フランスのために死んだセネガル人の狙撃歩兵に」が選ばれている。[43]

　前節で触れたように、「ぼくたち・・・」における翻訳詩への傾きは、同時代の関心と共振する一方で、実践的文脈から隔てられた営為と見なされる文脈もあった。たとえば後半から〈明日の会〉に入会した小沢虎義（後の小沢冬雄）は、エリュアールらフランスの抵抗詩人の紹介を牽引していた安東次男にむけて、「フランスの「抵抗詩論」に先立って先づ「抵抗詩論」を盛り立てて欲しい」（強調原文）と述べている。[44]〈明日の会〉に限らず、詩人兼研究者であるような立場の書き手が海外に範をとるばかりであるように見えたとき、この種の不満は向けられやすかった。しかしながら、文学における翻訳の領野のなかでも、とりわけ現代詩は、詩の実作者たちと研究者たち、またその両方を兼ねる立場の表現者たちが立ち混ざりながら発展させてきた領域であると言ってよいだろう。五〇年代詩人としての花崎は、こうした潮流の形成に大いにあずかっていた。ただし、花崎と同世代の大岡信、また谷川俊太郎らが『荒地』以降の詩壇ジャーナリズムの中心で活躍してゆくのとは対照的に、花崎は社会運動のなかの学者かつ詩人であり続けた。本稿で、思想家としての花崎の帰趨を追うことは出来ないが、その原点の一端が〈明日の会〉時代にうかがえることは確かだろう。

　さて、〈明日の会〉のなかで、花崎と同時期から新進の若手新人として注目を集めていたのは、小田島雄志である。〈明日の会〉は、メンバー構成からいえばほとんど〈東大詩人サークル〉が本郷に移ってきたものであるが、有望な若手詩人として詩壇のとば口に立っていた時期の小田島と花崎の出会いが、発足の直接の機動力となったようにも見える。他の詩誌から寄せられた批評のなかに「小田島雄志氏。あなたは僕らのまあくしていた人の一人です」（高浜靖英「明日の会え寄せて」五号、一九五四・六）のような言も見えるように、初期の〈明日の会〉のなかでの小田島の存在感は、誌面から受ける印象よりも大きかったはずである。

小田島は一九五一年三月ごろには、『荒地』グループの影響を受けて『詩学』誌への投稿を始めており、投稿者たちからなる「詩学研究会」へも出入りしていた。この「詩学研究会」について、戦後詩誌研究の先駆者の一人である小川和佑は、「昭和三十年前後の詩壇の新人は『詩学研究会』出身者に尽きる」として、『詩学』を経由した詩人とそうでない詩人は「官界におけるキャリアとノン・キャリア」に等しい違いがあったと述べている。[45] むろん実際には、サークル誌の躍進をはじめとする五〇年代特有の地殻変動により、いわゆる既成詩壇の境界も大きく揺らいでいたわけだが、当時の『詩学』がいわば詩壇の登竜門であったことは間違いない。小田島は、五一年一一月にはこの「詩学研究会」を母胎として創刊された詩誌『零度』に参加、編集人の一人である山本太郎の厚誼を得て研鑽を積み、一九五一年一二月、翌五二年一月と、『詩学』投稿作品として「上高地にて」「セレナード」を発表している。前者は、英文科の平井正穂や、〈明日の会〉メンバーとなる丹下一郎に当てて旅行先の上高地から書き送られたものであったという。[46] また後者は、鮎川信夫をはじめ選者たちの評では、素朴な抒情を拠り所に書かれていることが良くもあり悪くもあるという両義性が指摘されており、[47] 総じて伸びしろのある若い詩人として可能性を汲まれたことが分かる。

小田島が花崎らと〈明日の会〉を立ち上げたのは、小田島にとってこのような時期であった。小田島は一九五三年九月の『詩学』誌上の〈全国詩誌代表作品〉特集で、〈明日の会〉を代表して「序章」（初出題「木銃」、「ぼくたち・・・」二号）を発表している。それぞれに戦争の記憶を引きずる若い男女の恋と別離を通して、容易には明るい青春を謳歌できない世代の感覚を描き出そうとした詩篇である。

この「木銃」や、翌三号の「夕刊売」にも明らかなように、小田島は、背後にある時代状況を後景に睨みながらも、人間関係の情緒的手触りを確認するところから詩的感興を立ち上げるタイプの詩人であった。しかしながら、〈明日の会〉においてその情緒の気配が批判の対象となったであろうことは想像しやすい。小田島自身は、当時の批評環境について以下のように述べている。

「同人による合評のきびしさは、それまで孤独と称して一人でうじうじとさまよっていた暗闇から、いきなり太陽光線でひっぱたかれる世界に飛び出したようなものだった。ここでは、医学部の金子嗣郎とぼくが、センチメンタルだ、甘すぎる、と批判されるのがつねだった。二人で、センチメンタルなぜ悪い、と突っぱってみても、その声は力が弱かった。（中略）花崎の「空について」のような深みのある詩や、粂川光樹の「運河のある風景」のような激しい詩が大好きで、彼らの仲間であり続けたいと思った。[48]」

こうした環境のなかで、「ぼくたち・・・」における小田島は徐々に『詩学』に載せたような抒情詩から旋回し、より力強く社会的不公正への批判をうたおうと試みている。一方で、「ぼくたち・・・」があくまで詩誌であり、詩人として集まっているのだという点に強くこだわったのもまた小田島であった。このことは誌面からは見えにくいが、山本恒「前進と後退」によれば、被爆後の広島で成立した後に東大に拠点を置いていた『希望《エスポワール》』誌との協働が、〈明日の会〉と小田島にとってひとつの分岐点を作ることになった。山本の言を引用する。

「昭和二十八年の五月祭に、私達はエスポワール及び東大文研と協同して「文化タイムス」を出した。（中略）河本英三君を中心に、ヒロシマの灰の中から生れ出たこのグループに、私達は親近感を抱いていた。（中略）いまこの夏、エスポより対等な関係で合同しようという提案がなされた。この提案は早速検討された。いまふり返って見れば、この問題は最大の危機であったと云えよう。（中略）大勢は合同に傾きいまや踏切るばかりになった。けれども会の主体性をあくまで失わず、詩誌として存続させるべきだという強硬論者、小田島と金子嗣郎の意見が、ついに合同を阻止して従来通り継続することになった。だがこの出来事も災いして、気勢をそがれた私達は、四号以後半年、制作、合評会ともに全くの停滞状態に陥った。」

合評会のなかで、常に「センチメンタルだ、甘すぎる」と批判されていたという小田島と金子の二人が、ほぼ決まりかけた統合案を「強硬」にはねのけたという事実は、どちらの経緯が先にせよ、小田島や金子の〈明日の会〉内部での少数派ぶりを示すとともに、前半期の存在感の大きさを裏付けるものでもある。この後、小田島は、核技術を批判的に嘲弄するようなモダニズム風の詩「玩具の太陽の唄」（六号）を最後に誌面から姿を消し、一三号の刊行前には会を脱退、演劇研究の道を選んで詩作そのものから離れていくことになるのだが、そこから数ヶ月後の一九五五年七月に『希望《エスポワール》』は終刊する。そして、小田島と入れ替わるようにして、『希望《エスポワール》』にいた川口澄子（お茶の水女子大学）や、吉川常子（滝野川印刷局勤務）ら、停滞していた会を活気づけるメンバーが入会する。結果的に「ぼくたち・・・」はこの時の意思決定により『希望《エスポワール》』終刊とともに活動母胎を失うことなく、詩誌『あもるふ』へと続く同人活動を存続させることができたと言えよう。

「ぼくたち・・・」の誌面の外での小田島は、当時広く関心を寄せられていたT・S・エリオットの詩劇論のほか、初期に花崎らと開いていたクリストファー・フライの輪読会の成果を思わせるフライの詩劇論、またC・D・ルイスら一九三〇年代から知られた英詩人の翻訳・紹介をおこなっている。五〇年代中盤以降から六〇年代にかけて、詩人や劇作家、俳優らを巻き込んで流行した詩劇というジャンルについて、ここで深く掘り下げる余裕はないが、五〇年代詩が持っていた、自閉的モノローグを超えることの出来る劇という形式への志向性は、小田島訳C・D・ルイス「ナバラ」（既出）が、スペイン内戦に取材した長編叙事詩「ナバラ」を表題作として打ち出していることとも深く関わっている。抑圧に対する人民の戦いの歴史を立ち上がらせる叙事詩の試みは、個人的情緒を抜け出て広い連帯の地平に進み出るために、当時大きな期待をかけられた形式でもあった。この後、翻訳者として詩と劇とが融合する場を創り出してゆく小田島は、こうした時代の課題とともに歩みを進めていたのである。

六　『希望《エスポワール》』との協働と『死の灰詩集』

ふりつもるのはいいことだ。君のうえにぼくがかさなり　ぼくのすきまにおまえがうまり　そしてまたあとからあとから　やって来るものたちを信じてじっと　ひそんでいるというのはいいことだ。

——川口澄子〈雪降る山に。〉

前節で、主として花崎と小田島の歩みを追いつつ、詩壇全体の状況における詩誌としての「ぼくたち…」の位置を測ってみたが、花崎と小田島が『詩学』と「詩学研究会」から出てきたのに対して、後発誌の『ユリイカ』(創刊一九五六・一〇)に拠る部分が大きいのが小海永二である。小海は〈明日の会〉解散以降も、五〇年代の若い世代の動きについて言語化する機会が多く、早い時期から戦後詩の詩史記述に関わるとともに、前掲の『現代詩』や『列島』(小海も一時期参加していた)の流れを汲む人脈の中で長く活動してゆくことになる。一九五三年に〈明日の会〉全体で『希望《エスポワール》』と協働した際も、小海は『希望《エスポワール》』編集発行を兼任し、もっとも深く関わったメンバーであったと思しい。

『希望《エスポワール》』の創刊は一九五二年一月、旧制広島高校で『ESPOIR』を編集していた河本英三が東大進学のため上京、駒場を新たな拠点とする東京版として発行したものである。戦後文化研究者の鳥羽耕史は、『希望《エスポワール》』について、「1950年代サークル運動の中央誌的な役割」を担うとともに、当時進行していた「原子力のグローバル化」と呼ぶべき核拡散の諸局面に対する抵抗が、この雑誌の一貫した姿勢であったことを強調している。[49]「ぼくたち・・・」の創刊マニフェストにおいても、原子力時代に対峙するための人間性が主張されていたのを確認した通り、核をめぐる危機意識は当時あらゆる局面において前景化され、現代意識の基部として共有されていた。

『希望《エスポワール》』創刊は、時期として「詩のつどい」二号と三号の中間にあたるが、ここには、講和条約の発効により占領期に終止符が打たれたという重要な転換点が存在している。プレスコードの解禁により、原爆の被害についての情報が広く公衆の耳目を集め、この先の幅広い原水爆禁止運動の隆盛へと繋がってゆく。「詩のつどい」でも、講和後の小海編集による四号（一九五二・一二）では、巻頭に小川英子「広島にて」が置かれ、広島出身の教養学部助教授、加納秀夫による『原爆詩集』の書評が載っている。また、四号あとがきには、同年十一月の駒場祭で、「民主々義文学研究会と共同で構成詩「原爆について」を作り詩の立体化の試みをなした」と報告されているなど、学内の環境としても、報道規制が外れたことにより様々な取り組みがあったことが分かる。

こうした流れの中で、戦後の若い世代の紐帯を意識する『希望《エスポワール》』と「ぼくたち・・・」に統合案が出てくるのは自然であろう。合同で制作した『連合文化タイムス』は、月刊とされているので東大の五月祭に合わせて出されたならば五月号（三号）であると思われるが、現在、所在を確認することが出来ない。参考までに、その前月、一九五三年四月一日に出された第二号の誌面について言えば、「アメリカにもある「わだつみの声」」の見出しでラス・ミラーの小説『死んだ水兵は知っている』（『希望《エスポワール》』五号に収載、高良真木子訳）が大々的に紹介され、「世界の若い魂との交流を、今後、本格的にやって行こう」とする決意が記されている。また、「連合文化タイムスを広く文化創造、運動の推進者たらしめるため文学・美術・映画・演劇・出版等その他文化団体の協賛を得たい」という「協賛文化団体募集」の告知が見える。「協賛団体には、その欄を設けその記事提案、意見等優先的に報ず」とあるので、第三号では、〈明日の会〉企画の現代詩に関わる記事が掲載されたものだろうか。

『希望《エスポワール》』本誌への参加で目立つのは、花崎と小海が共同研究座談会「新しい年への出発のために　1953年は若い世代に何であったか?」（八号、一九五四・一）に出席していることだろう。ただし、花崎の方は〈政治・経済・社会部門〉へ、「キリスト者平和の会」からの参加であり、小海は〈文学・芸術〉部門、「明日の会」および「エスポワール」編集同人としての参加である。[50]それぞれ、丸山眞男や野間宏ら、影響力の強い年長者と議論の卓を囲んでいる。

ほかに、〈明日の会〉からの寄稿を見渡すと、五号（一九五三・八）に小田島「T・S・エリオットの現実」（「ぼくたち・・・」創刊号からの再録）、六号（一九五三・一〇）にローゼンバーグ事件を主題とする小海の詩篇「潮――人間の愛と良心の名において――」、また小海ほかによる座談会「明日への不安と希望」、七号（一九五三・一一）に小海「民族の黒い魂の歌い手たち――フランス黒人詩ノート（上）――」が掲載されている。この評論は、五ケ月前に「ぼくたち・・・」三号に発表されたものと同内容であるが、再録との注記はない。小海はそのまま、「ぼくたち・・・」ではなく『希望《エスポワール》』八号（一九五四・一）に同論考の続きである「(中)」を掲載しているが、「(下)」については所収誌未詳。[51]

さらに、小田島「海外文学レポート　クリストファー・フライ――「長子」をめぐって――（イギリス）」（八号）、後に〈明日の会〉に参加する川口澄子の詩「火をふく山に」と「狂犬置場ニテ――アルイハ日本ニツイテ――」（一〇号および一一号、一九五四・九／一九五五・七）に、小海訳ミショオ「レストランのプリューム」（一一号）、川口澄子による小海訳『アンリ・ミショオ詩集』の書評（一一号）などが載る。また、花崎や小海が時評欄や書評欄を担当している。とりわけ小海は、「再び「近代文学」について」（八号）、「戦後の詩における二十代の登場」（一一号）など先行世代に対して自らの世代を位置づける姿勢を明らかにした。

このように見てみると、『希望《エスポワール》』の誌面それ自体のなかに、〈明日の会〉同人の新たな展開の萌芽が多く見えるというわけではないものの、非商業ベースの総合文芸誌を目指した同誌には、学生のみならず多くの指導的立場の知識人や年長者が関わっており、そうした磁場で若い世代の立場から論陣を張ったことは重要なシーンであったろう。

また、エスポワール文化事業部と事務所が隣接していた新劇「ぶどうの会」と〈明日の会〉の関わりも、誌面からは確認しにくいが見逃せない。「ETWAS」時代からの主要メンバーであり、阿久井善孝とともに「ぼくたち・・・」の表紙や挿絵も手がけている松川八洲雄は、美術研究会や美術サークルのほか「ぶどうの会」のメンバーでもあった。「ぶどうの会」はロルカ戯曲の普及に貢献したことでも知られ、その日本初の上演は一九五五年一〇月のぶどうの会公演による『ベルナルダ・アルバの家』である。「ぼくたち・・・」二三号（一九五六・四）の〈特集　フェデリコ・ガルシア・ロルカ〉における小海の解説文「詩人ロルカ」は、当該の「ぶどうの会」公演時のパンフレット用に書いたが「事情があって載らなかった」ものであると記されている。

美術や演劇との協働という点で付言すれば、花崎の第一詩集『明日の方へ』（既出）の装丁を手がけたのは、東大美術サークル等で松川とともに活動していた松本俊夫であり、〈東大詩人サークル〉出発時の名簿にも名を連ねている。実際には松本の詩篇は確認できる限り見当たらず、松川もまた、「ぼくたち・・・」以降は実作を載せていない。松川や松本らの詩への志向性は、映像という別の表現形態のなかに活かされていくことになる。

さて、『希望《エスポワール》』との協働とも関わる文脈として、一九五四年三月のアメリカの核実験による第五福竜丸被曝事件（ビキニ事件）に端を発する国内の原水禁運動の盛り上がりと、それを受けて編まれた現代詩人会編『死の灰詩集』（宝文館、一九五四・一〇）にも触れないわけにはいくまい。『死の灰詩集』と、そのタイトルが冠されている〈『死の灰詩集』論争〉については、議論全体の当否や評価を含めて実は多様な見解があるのだが、ここでは、それが本質的には詩人の戦争責任＝戦後責任にまつわる議論であったことのみ確認しておきたい。先に触れた新日本文学会の機関誌『現代詩』の編集委員は、当然ながら戦前・戦中期からの有力詩人によって構成されており、『死の灰詩集』の編纂にあたった現代詩人会とはほぼ重なっている。当今の時勢において正しいとされるイデオロギーに沿ってさえいれば、軍国主義にも平和主義にも全面的に赴くことの出来る詩作態度の表れとして、『荒地』グループの鮎川信夫が既成詩人の動向を批判し続けていたところへ、折しも『死の灰詩集』が刊行され、『現代詩』は創刊早々その議論の舞台となる。

現代詩研究者の澤正宏は、近年復刻された『現代詩』解題のなかで、「戦後の政治や社会を批判する『現代詩』の（嘗ての左翼）詩人が、戦中に戦争協力の表現を公表しながら、戦後になってそのことを空洞化させている現状」があったことをふまえ、「『現代詩』は出発点から「国民的文学運動」を目指すとしながら欺瞞的で、まず解決しなければならない本質的な問題を抱えていた」と述べている。[52] 目下の抵抗運動に関して指導的な立場にいる詩人たちの欺瞞を表面化させたこの議論は、戦争責任に関しては当事者性の薄い若い世代の同人それぞれに複雑な逡巡をもたらしただろう。

『死の灰詩集』に名があるのは、同人のなかでは花崎と粂川の二人である。花崎「雨」、粂川「ぬかるみの道」、後者は「ぼくたち・・・」六号を初出とする。興味深いのは、核実験やその主体であるアメリカに対する、被爆国民としての憤りや敵愾心の表出が目立つ同詩集のなかで、花崎・粂川ともに、そうしたナショナルな怒りに容易に同化し得ない逡巡が見出せることである。

人殺しの実験の　人殺しの灰の
それよりなにより　人殺しの

ぬけぬけしい悪意だ！

勿論だとも
僕にはなんにも解っちゃいない
愛とは何か　人間はなぜ尊いか
隣人を自分のように愛せるか
だが　だが　だがだよ
この場合
神がかることは大事じゃない

粂川の詩篇「ぬかるみの道」では、核実験に対する「人殺し」という痛罵が重ねられるものの、その直後、そうした言辞を恥じるような自意識が差し挟まれる。「だが　だが　だがだよ」という逡巡をふまえ、こんな時に神学的な愛の概念を持ち出しても有効でない、という方向へと向かうのではあるが、戦中からのアメリカに対する敵対意識をここぞとばかりに解放するいくつかの収録詩篇を横に置いたとき、おそらくはそうした国家間の対立に引きずられることへの抵抗感として、こうした一瞬の自省が顔を出すことは注意されてよい。

さらに、花崎の詩篇「雨」も、あえて過剰に子どもらしい物言いの中で、そうした怨念とは無縁な若い世代であることを強調しようとしているように見える。

バンコック航路の船長も

灰をかぶって死んだという話
燕がとんでこなくなったという話
雨水をのんで白血球が減っちゃった人々の話
灰がザアザア降ったという
マーシャル諸島の原住民の話など
私たちは話合った
(略)
ねえどうしたらいいんだろう
ぼくの大好きな人!
どうしたらよいか
りくつではわかってる
だけど　どうしたら
どうしたらいいんだろう
やることははっきりしている
しかし　それでも
どうしたらいいかという問いが
あとから　あとから
でてくるんだ

このように花崎は、当時の原水禁運動のなかで多用された、日本だけが唯一の被爆国であるというクリシェを周到に退け、「バンコック航路の船長」や「マーシャル諸島の原住民」の存在を指し示す。そして表出するべきは敵意ではない、という意思表明として、このアンソロジーのなかでは全く異質な、「大好きな人！」という呼びかけを響かせる。もちろん、活動家でもある花崎は、現実的には原水禁運動に参加し、第五福竜丸事件の被害者を訪ねて話を聞くというアクションを起こしており、詩の中の「ぼく」よりはずっと果断に動いていたかもしれない。だが、おそらくは死の灰に関わる詩に蔓延する敵対感情を感じとり、それゆえに真逆の表現戦略をとったであろうことは特筆しておくべきだろう。

『死の灰詩集』論争で前景化することになる詩人の戦争責任論については、「ぼくたち・・・」六号、七号に掲載された小海「書評『壺井繁治詩集』」および「批判のあり方について――戦争協力詩の問題にふれて」が、戦時期に年少者として守られていた世代としての遠慮をふくむ戦争詩批判として興味深い。小海は、偶然、古本屋で発見してしまった壺井の戦争詩「指の旅」をめぐる心理的なひっかかりを端緒に、戦後責任のあり方を問おうとしている。しばしば、文学史記述のなかでは、詩壇における戦争責任論の展開は、吉本隆明・武井昭夫の共著『文学者の戦争責任』（淡路書房、一九五六・九）を皮切りとすると記述されることがあるが、実際には本誌における小海のように、各地のリトル・マガジンのなかで、議論にかけようとする動きは早くからあったと思われる。また、『死の灰詩集』に関して、各同人誌で議論が積まれた様子は、四節に引用した、山本恒が出席した座談会「リトル・マガジンの問題」にも触れられている。本稿ではこれ以上の引用を控えるが、同座談会は、『氾』や『貘』、『櫂』といった、『荒地』以降の代表的詩誌からの参加者が並んでおり、「ぼくたち・・・」の同時代における位置を測るための示唆に富む。当初は『荒地』がホープのように感ぜられた」が、その後、「下から盛上げて現実に切り込んで行く」というボトムアップ型の連帯意識を持つべきだと思うようになり、とは言っても職場サークル誌などのように生活的基盤を共有していないためそれも不徹底になってしまう、という山本の自己言及に現れる問題意識は、当時多くの詩誌が共有したのではないだろうか。

以上、一九五三年～五四年にかけての、『希望《エスポワール》』やサークル誌との会全体における接近、原水禁運動や戦争責任論の文脈との並走について粗描した。

一九五四～五五年あたりには初期メンバーの進学や就職で環境が分かれはじめ、生活の糧のための労働の忙しさが誌面に記されることが多くなってゆく。それ以降は、新同人の存在感が増してゆく後半期にあたると言える。本来、後半の誌面についても、新同人の示すそれぞれの傾向に解説を加えるべきであるが、後半に活躍するメンバーは、〈明日の会〉という磁場を批判的に乗り越えるための詩誌『あもるふ』の中で全面的な展開を見せてゆく詩人たちであり、〈明日の会〉時代への批判的決算と、『あもるふ』での達成とを戦後詩史の中で既に発信してきた。とりわけ、六〇年代半ばに具体化する入沢の〈擬物語詩〉に関する考察は、岩成達也の詩論を重要な階梯としてふまえながら、後に『詩の構造についての覚え書』（思潮社、一九六八・二）にまとめられ、大きな反響を呼ぶこととなる。当時として先鋭的な構造主義の発想を基盤に含むこうした展開と、五〇年代詩のモードとの連続性や断絶性を検証することは興味深い課題だが、ここでは、『あもるふ』メンバーがどのように〈明日の会〉を評価したかを通して、後半の誌面に胚胎したものの確認に代えることとしたい。〈あもるふの会〉は、「人間を守る」というテーマを受け継ぐ決意とともに、従前の弊害を乗り越えるべく以下のように宣言する。

「明日の会」におきましては、この「人間を守る」という命題の解釈について明確な統一が存在しておりませんでした。創立当初にあったのは結局詩の問題以前の思想的・生活的共感であり、それは遂に詩の方法的自覚に至ることなく、その後の社会的情勢および同人の生活環境の変化と共にますます漠然としながら解散の日を迎えました。（略）そして、可成り表面的な視点から詩を社会参加の手段であると判断し、詩において作者が示そうとしている思想や現実の体験意味だけを重視して作品の自立性をややもすれば忘却したことから生じたある性急さ、偏頗さがあったことは否めません。（略）従って、新たな出発に際して私たちは先ず何よりも同人一人、一人の詩的個性の全的な発揮による現実への対決の深化と、それに不可欠な方法上の進歩性とを最も重要視したいと考えます。」（「あもるふ」の会同人一同「創刊にあたって」、『あもるふ』一号、一九五八・二）

あらためて加入時期とともに名を挙げれば、入沢康夫（五号）、五十嵐久女（一一号）、川口澄子（一一号）、吉川常子（一一号）、藤野昌子（一三号）、岩成達也（一九号）、江原和巳（二四号）の七名が、『あもるふ』創刊同人となる。このうち入沢に関しては、「詩のつどい」時代から継続的に関わってきたという点で初期の陣容にも親しい位置にいるが、解散の理由となった初期メンバーの一斉脱退に引きずられない程度には、先輩諸氏との距離感があったと思われる。山本は、終刊号（一九五八・一）に寄せた「解散までを振返って　発足当時よりのメンバーの立場から」の中で、自らの脱退希望がきっかけで「古くからの同人一斉退場の事態に発展」したこと、「人的結合の要《かなめ》がこわれ」、「時代の変動の烈しさに私達が積極的に対決する足場を見失った」ことを率直に述べている。山本の反省的総括と、その一ケ月後に出された前掲の『あもるふ』創刊の辞の内容とは、大きな認識の隔たりはない。だがそれだけに、本来は、詩の方法論や原理論に関しても厳しく議論を重ねてきたはずの〈明日の会〉が、自らの幕を批判的に下ろしすぎている印象も受ける。そして、ほとんどのメンバーが詩壇から遠ざかったことにより、会の総体はあらためて語られる機会のないまま長い年を経ることになった。

「ぼくたち・・・」から『あもるふ』への進みゆきを、詩作態度から詩作技術へ、というだけでまとめることは当然できまい。それは単にモダニズム詩から戦後詩への進みゆきを反動的に裏返したものにすぎない。

〈明日の会〉は合評会や共同研究を重ね、時代と向き合う詩や詩人、さらにはその詩人の世界認識がどのようにあるべきかを探ってきた。詩史的には、それは五〇年代中盤には失効してゆく狭義の戦後詩の構えであり、その閉塞感を打ち破る新しい動きが次世代の詩を担っていったことは確かである。だが本誌の内部には、当時の彼ら自身による自己批判や内部批判が自ら掘り起こすことのできなかった種子が、まだ多く埋められているように思われるのである。

おわりに

若気の沸騰にすぎなかったと
いつか俺言うのであるか
ふるい日本をぎっしりと背に負い
今夜徴兵令が来るとして
静かに俺は曳かれてゆくか
抵抗の免罪符かくしに抱き
ひそかな妥協を祈るというか

——粂川光樹〈運河のある風景〉

「ぼくはいろんな同人誌を読んだが、この雑誌ほど、社会的な問題にも、個人の感情にも、平等にぶつかっているのには出会ったことがなかった。若々しくスクラムを組んで、文学青年くさいところもないし、と云って公式的な政治色もないところから、クリスチャンの同人ばかりかな、と思ったりした。(略)他のサークルなどにもよろこんで出かける同人たちの態度も、同人雑誌グループのケタをはずした、新

しい文学集団のようだった。」（菅原克己「明日の会詩集　ぼくたちの未来のために」『現代詩』一九五七・六）

菅原克己によるこの書評は、アンソロジー『明日の会詩集　ぼくたちの未来のために』に寄せられたもので、同人たちと直接の親交のある立場からの評ではあるが、本稿で確認してきたようないくつかの要素を、曖昧で微温的な位置取りとしてではなく、複層性や境界性として好意的に掬い取った評であると言える。とりわけ、キリスト者が多かったグループの中で、キリスト教神学や信仰の問題が、詩作の問題とどのように関わり、同時代のなかでいかなる視座を用意したかは重要な問題だろう。

これに関しては、〈明日の会〉終盤の誌面において、粂川と花崎が示唆的な議論を交わしている。粂川は、花崎の第一詩集への書評「花崎皋平への手紙〝詩と日記と宗教と〟——詩集「明日の方へ」によせて——」（二六号、一九五六・一〇）で、花崎の詩に表れるキリスト教由来の超越性への傾きが、卑小な生活者としての「小さな愛のきずな」と相剋関係にあること、そして「宗教的」かつ「日記的」である花崎の詩において、前者が迫り出すと後者が失われてしまうことについて、自らの迷いとともに疑問を呈している。

「君は新しいバイブルを綴ろうとしている。皮肉ではなしに、それは偉大で崇高な仕事である。僕もまたその企てを、みずからの一生の課題と考える。だが大きな愛の実現のために、断ち切られなければならない小さな愛のきずなはあまりにも多い。（略）

花崎君、僕はどこかでまちがっているのにちがいない。この手紙を半ばにして、戦没者の書「きけわだつみの声」を開くとき、生きることをえらぶ限りは、僕もまた君のように生きるしかないのだ、とこれほど痛感されるのだから。」

このような条川の、花崎への疑義というよりは迷いの告白は、前節で見た詩篇「ぬかるみの道」に書き込まれた、「だが　だが」、「神がかることは大事じゃない」という一節と響き合っているように思える。この後条川は、均衡のとれた自己肯定をうながす抒情詩と、苛酷な時代と生を証言する現代詩との葛藤に実直に向かい続けた結果（条川の詩論「抒情の探求」（一）～（六）は、もともと〈明日の会〉共同研究のテーマを引き受けたものであった）、「詩とのわかれ――同人みんなへの手紙――」（二九号）という決別宣言を残して会を脱退する。「ぼくたち・・・」終刊号を締め括った花崎の「詩への希望」は、抽象的に書かれてはいるが、潜在的にはこうした条川への応答にほかならなかった。

この後、花崎は都立大助手などを経て北海道大学へ哲学科教員として赴任。そこでアイヌ民族との共生という新たな課題を摑むと同時に、札幌ベ平連を立ち上げ、さらに北大全共闘運動に際して学生の側に立ち辞職。大学の外での学問と実践に本格的に踏み出してゆく。五〇年代の学生運動が、試験ボイコット闘争などで時に大学運営と激しく衝突したとしても、基本的には自治会やサークルを平常通り営む中で展開されたこと、教員との協調的な関係を保持していたことは、〈明日の会〉の学究志向の前提でもあった。だが六〇年代後半以降に高潮する全共闘運動においては、制度内での学問と運動の二律背反はより苛烈な形で問われることになってゆくだろう。死者に向き合う限り、そして生きることをえらぶ限り、「ぼくたち」として歌うことができると彼らが考えた場所は激しく軋んでゆく。その先のことは本稿の記述の範疇を超えるが、〈明日の会〉各人の仕事が、「ぼくたち」の共同の場の痕跡を抱えて進められていったことは確かなことである。

最後に、山本恒が長く勤務した明治大学の和泉図書館（地区文庫）に残されている、一九六八年～七一年の山本恒ゼミナールの論集について、一般には閲覧しにくいものでもあるため、ここに紹介しておきたい。花崎が札幌で北大闘争に関わっていたのと同じ頃、明大に着任したばかりの山本は、本来は英語文献を読むゼミであったのをゼミ生たちの強い希望で変更、「ベトナム戦争の史実関係把握」「戦後日本政治の諸相」等をテーマに学生たちに議論を促していた。誌面からは、学生たちが主体となる磁場を作ろうとする、オーガナイザーとしての姿が伝わってくる。論集の誌名は、『原点』である。

＊

本稿は復刻誌に付随する解説なので、誌面の内容を追うだけではなく、出来るだけ誌面の外の状況と接続できる記述を目指したが、調査の及ばないところも大きく、未見に終わった資料も多い。また、初期からの同人で児童文学作家となる村上義人や、「ぼくたち・・・」四号でフリスト・ボテフを訳している黒木泰彦、〈明日の会〉後期同人の池上義人など詳述できなかった書き手も多いが、復刻を機に、また多くの方々から新たなヒントを頂けることを願いつつ、ひとまず稿を閉じたい。

末筆ながら、この度の復刻版の刊行に関わって、御協力を頂いたかたがたに御礼を申し上げる。まずは、資料閲覧にご協力頂いた花崎皋平さんと小海永二さんへ。お二人に直接お目にかかれたひとときは、私の財産である。また、長年、私の研究活動を励まして下さっている川本隆史先生のお招きで、ピープルズ・プラン研究所に何回かお邪魔できたことも大きな機縁となった。同研究所主催の「連続講座〈運動と思想〉:花崎皋平が花崎皋平を語る」(二〇一四～二〇一五)においては、花崎さんご本人だけでなく、社会運動研究の道場親信さんにお目にかかることが出来た。道場さんのご蔵書と私の手持ちぶんを合わせて「ぼくたち・・・」が全巻揃ったときは、歩を進める時期だと教えられたようで嬉しく、道場さんも、時宜を得ためぐりあわせを喜んでくださった。これから一緒に調査を進めましょう、と誘ってくださり、資料探求の世界の奥深さを楽しそうに話してくださったのが忘れがたい。ご存命であれば、社会運動史の専門家として、ここにも素晴らしい解説を寄せてくださったことと思う。謹んで、今回の復刻をご報告申し上げたい。また、道場さんの旧所蔵本調査について、鳥羽耕史先生にお力添えを賜ったことを、記して深謝申し上げる。

また、今回の企画は、琥珀書房代表・山本捷馬さんが三人社在籍時代に手がけられた『戦没学徒林尹夫日記［完全版］——わがいのち月明に燃ゆ——』（斉藤利彦編、三人社、二〇二〇・七）とも大事な繋がりを持っている。京都大学在学中に徴兵され戦死した林尹夫の日記には、自らの死後、生き延びてほしい次世代への思いが強く刻まれている。本稿で詳述したように、〈明日の会〉はまずはそうした死者たちの思いに答えることを出発点としていた。そうした記憶を繋ごうとする山本さんの琥珀書房から、こうした丁寧な作りで復刻されたことは詩誌にとって幸運であったと思う。詩誌のなかのことばたちが、それが生まれた大事な現場から切り離されるのではなく、また時代動向の検証のみに利用されるのでもなく、現代の読者にさまざまに汲み上げられ、よみがえる端緒となってほしい。

※引用は原則として初出によるが、適宜字体を通用の字体にあらためた。また、人名の表記の揺れを統一した。

※注11に言及した書簡群をはじめとする関連資料について、国立映画アーカイブにて閲覧の機会を頂いた。記して深謝申し上げる。

後注

1　新制東大の発足に際しては、一〜二年生全員がまずは教養学部に所属して、専門に分断されない総合的な学知を探求する一般教養教育の導入が重視された。これが前身である一高の教養主義の単なる延長ではなく、新制大学の理念の重要な柱であったことについて、山口周三『資料で読み解く南原繁と戦後教育改革』（東信堂、二〇〇九・一）や吉見俊哉『大学とは何か』（岩波書店、二〇一一・七）等に詳しい。

2　本誌は筆者未見。『現代詩手帖』の特集「追悼入沢康夫」（二〇一九・二）所収の入沢の年譜（田野倉康一編）には、一九五三年、「入沢の駒場詩人サークルに入ってきた安藤元雄、岩成達也と出会う」との記述がある。第五号の編集発行を引き継いだ入沢が、〈駒場詩人サークル〉と名称を変更した可能性がある。

3　山下肇『大学の青春・駒場』（光文社、一九五六・五）

4　花崎皋平『生きる場の思想と詩の日々』（藤田印刷エクセレントブックス、二〇二二・三）

5　小田島雄志『半自伝　このままでいいのか、いけないのか』（白水社、一九九九・六）

6　ただし花崎は当時の日記に基づいて、「ETWAS」二号が刊行される以前の一九五〇年四月に、学内に設置された「詩学研究会」に加入したと記している（注4）。

7　山本恒宛鮎川信夫葉書、一九五〇年一二月一二日付。詩誌拝受の御礼とともに、講演依頼は断る旨が書き送られている。

8　〈明日の会〉メンバーが当初『荒地』から影響を受けていたことについては、本誌を含め後の各人の回顧録を含めた多くの言及から確認できる。

9　森有礼の三男・森明を設立者とする中渋谷教会（東京都渋谷区桜丘町）は、もともと一高・東京帝大その他学生信者との結びつきが深く、学生を中心とする共助会の運営に寄与してきた歴史がある。本稿ではじゅうぶんな検証に及べないが、〈明日の会〉メンバーにはキリスト者が多く、基督教共助会や東大ＹＭＣＡと人脈や活動の上での関わりが深かった可能性が高い。

10　佐古純一郎編『恐れるな、小さい群よ　山本茂男先生記念文集』（中渋谷教会、一九八〇・五）に、子息として恒の名が確認できる。

11　国立映画アーカイブ所蔵の松川八洲雄コレクションには、当時の両者の交流の様子がうかがえる小海永二からの松川宛書簡・葉書が多数含まれている。ほとんどが一九五〇年〜一九五三年頃のものであり、「詩のつどい」や〈明日の会〉への言及も確認される。

12　教養学部にも三、四年生の後期課程が設置されている（一九五一年〜）ので、教養学部教養学科に進学した学生はキャンパスを移動しないが、本誌主要メンバーの多くは本郷に移っている。

13　注3に同じ。

14　東京大学という環境と〈明日の会〉の結びつきの強さについては四節で詳述するが、たとえば花崎皋平は、教養学部時代の山下肇の講読の授業でS・ヘルムリンへの関心を持ち、後に山下の助言を受けつつ最初の訳詩集を完成させている。また〈東大詩人サークル〉顧問の井上究一郎は、一九五三年に駒場から本郷へ移籍して小海永二の指導教員となり、小海訳のH・ミショー詩集にも書評で満腔の賛辞を寄せ、活動を後押しした。

15　「速鳥」は花崎の直近の著作（注4）で全文掲載されており、これが最終形態とおぼしい。

16　一九五一年四月、出隆の東京都知事選出馬に際して、飯田橋駅前で宣伝活動をおこなった本郷の学生（主流派に対する国際派細胞）一六名が占領政策違反に問われた運動史上著名な事件。

17　宇佐美はこの時点で学籍がないと思われるが、同詩集では「東京大学教養学部二年」と紹介されている。また、雑誌関係者としてはほかに花崎、諸田、津田多可志（津田孝か）らの作が採録されている。なお「詩のつどい」三号には、「全日本学生詩集（仮題）発行の訴え」として、同詩集への原稿募集の告知があり、「ぼくたち・・・」三号には同詩集の書評（田畑夏樹による）が載っている。

18　岩成達也「あもるふの頃のこと」（『現代詩手帖』二〇一九・二）に、「安藤さんや入沢さん、それに私の作品まで載っています」と言及されている。

19　亀井俊介『若い日に読んだ詩と詩人　増補改訂版』（木菟山房出版部、二〇二〇・四）

20　諸田達男追悼集編集委員会編『葉は落ちてもやがて緑はぐくむ』（せせらぎ出版、一九九七・六）において、同輩の三上満は、諸田とともに「「エドヴァス」《ママ》というまったく手作りの小さな同人誌を出したりした」と回想している。また、『東大俳句』は筆者未見だが、「東大俳句会」については中西進『卒寿の自画像――わが人生の讃歌――』（東京書籍、二〇二〇・三）でも言及されている。

21　諸田達男「〈遺稿〉戦争と私――四九年目の八月一五日を前に――」（『葉は落ちてもやがて緑はぐくむ』、注20）

22　注5に同じ。なお〈明日の会〉には英文科（小田島ら）と仏文科（小海ら）、国文科（粂川ら）等からそれぞれ参加しているが、花崎と繋がった哲学科からの参加者はいない。花崎によれば、哲学研究室には「卒業まで近づかなかった」（注4）。

23　序文によれば、ラドリー・カレッジ（正式にはSt. Peter's College, Radley）の所長J・C・ヴォーン・ウィルクス（J.C. Vaughan Wilkes）の提案により、マルボロ・カレッジのF・M・ヘイウッド（F. M. Heywood）、ラドリー・カレッジのチャールズ・ウィンチ（Charles Wrinch）、ハロウ・スクールのR・W・ムーア（R. W. Moore）らによる編集委員会が成立。詩人・劇作家のJ・レッドウッド・アンダーソン（J. Redwood Anderson）の協力を得て編纂された。

24　初刊は *Inscriptions Suggested for War Memorials*（Victoria and Albert Museum, 1919）、後に *Twelve War Epitaphs*（Ashendene Press, 1920）中の第Ⅳの碑文として収録されている。その際の後半の詩行の形態は“For your to-morrows these gave their to-day”であった。

25　〈奉納趣意書〉銅板における直接の訳者は不明だが、奉納に関わった全ビルマ戦友団体連絡会議の吉野秀一郎も、「貴方が故郷に帰ったら伝えてほしい、祖国の明日のために死んでいった私たちのことを」のように、「貴方たち」を一般名詞の「祖国」と読みうるように訳している（「昨日の敵は今日の友」『別冊歴史読本　太平洋戦跡慰霊総覧』（新人物往来社、一九九八・一二）。

26　シモニデス作のスパルタの無名兵士のための碑文「行人よ、／ラケダイモンの　國びとに／ゆき伝へてよ／／この里に／御身らが　言のまにまに／われら死にきと」（原文はギリシャ語、引用は呉茂一訳『ギリシア抒情詩選』岩波書店、一九五〇・七）がプレテクストとして知られている。ただし、*For your tomorrow* の扉の碑文の下には（translated from the Greek）と付記されていることから、編者たちはこれをエドモンズの創作ではなくシモニデスの碑文の翻訳と認識していた可能性が高い。

27　コヒマ・エピタフと戦後日本の関わり方については、日英の旧軍人や研究者・活動家による日英和解活動をめぐる記録に詳しい。平久保正男「戦争の責任」（『「在外」日本人』晶文社、一九九四・一〇）、同「戦後五十周年に寄せて」（「世界と議会」一九九六・三）、江崎道朗「鎮魂と日英和解にかけた戦中派の祈り――烈会コヒマ巡拝団団長亀山正作氏に聞く」（「祖国と青年」一九九二・一）、小菅信子『ポピーと桜――日英和解を紡ぎなおす』（岩波書店、二〇〇八・六）、松居竜五「日英元軍人による和解活動」（「龍谷大学国際社会文化研究所紀要」

二〇一八・六）等を参照。

28 注5に同じ

29 「ぼくたち・・・」においても、山本恒による田辺利宏「雪の夜」の英訳が二四号（一九五六・六）に掲載され、日本戦没学生記念会の代表がアジア・アフリカ国際学生会議に携行したものとして紹介されている。アジア・アフリカ国際学生会議（A・A学生会議）は、一九五六年五月三十日〜六月七日にインドネシア・バンドンで開催。日本からは日本学生文化連盟、日本学生放送協会、日本学生報道連盟、日本国際学生協会、日本国際連合学生連盟、日本ユネスコ学生連盟、日本戦没学生記念会、全国教育系学生自治会評議会、日本私学学生自治会連盟、全日本学生自治会総連合、全日本学生新聞連盟の十一団体が参加した。

30 「ETWAS」本誌の情報だけでは分からないので付言すると、ここで花崎が参照しているのは、ロバート・シャーロッド、中野五郎訳『サイパン』（光文社、一九五一・一）の巻頭詩。作者不詳だが、「タラワ島の墓地にある一枚の木片に銘記されたもの」。同月の『詩学』（一九五一・一）誌上の時評欄である「メリーゴーラウンド」にも引用・掲出された。

31 筆者の花崎氏への聞き取り調査による（二〇二二年五月一一日、於・東京都千代田区、ピープルズ・プラン研究所）。なお誌名に関する花崎の言及としては、「新たな胎動――明日の会について」（『現代詩』一九五七・六）のなかで、「英国の戦没学生詩集の題、「君たちの未来のために」を、ぼくらはぼくらが感じている戦争とその中に死んだ人々への負い目にふさわしく思ったのだ」と述べている箇所がある。

32 原題は“TO A PHOTO AND LETTERS”、“CLAIR DE LUNE.”

33 「東京大学学生新聞」第五三号（一九五〇・七・二七）の「文化」欄において、『明日の日のために』という邦題で紹介されている。ちなみに同月の『詩学』（一九五〇・七）の「海外短信」欄では『君たちの明日のために』の題で紹介されているが、扉のコヒマ・エピタフが生徒たちによる詩と誤認されている。『詩学』誌上の日本語訳は次の通り。

君が家に帰ったなら／僕らのことを彼らに伝えてくれ／そして言ってくれよ／君たちの明日のために／僕らは僕らの今日を捧げるのだと。

34 山本恒「「山へ逃げてください」」（『東京大学学生新聞』第一八九号、一九五四・三・二九）

35 関根弘「夢のない夜（荒地）」（『列島』一九五三・一〇）

36 F・G・ロルカ『月とオリーブの歌』（国文社、一九五六・七）のあとがきによると、初期の小海永二訳の底本は、仏訳としてガリマール版、セゲルス書店版の二種類、およびロイ・キャンベルによる英訳を参照。また、山本恒訳のナーズム・ヒクメット「死んだ少女」（一六号、一九五五・七）は、同時期の『現代詩』誌上（一九五五・八）に発表された木島始訳「死んだ娘」と同じく、*Bulletin of the World Council of Peace*, number 9, May 1, 1955 掲載の Ivor Montagu 訳 "The Little Dead Girl" を元にしたものだろう。『現代詩』同号では山本は同紙掲載の "The Japanese Fisherman" を訳している。

37 花崎の二〇〇八年の詩「ネルーダの国チリ　インカ文明の跡」では次のように振り返られている（初出誌不明、引用は注4による）。

若いとき　ネルーダに夢中になった／日本語訳　フランス語訳　ドイツ語訳／東ドイツ版は　すてきな版画入りの豪華版だった／ネルーダを読みたいばかりに／スペイン語まで手を伸ばし　原語のテキストを買い込んだ／／詩人に手紙を書いた／私は結婚したばかり　中学教員だった／思いがけなく　目黒の間借りに／チリ大使館の若い館員が　訪ねてきた／ネルーダのことづてと小冊子を持って／／詩人の五五歳の誕生日の記念に作られた『いくつかのオード』／その冒頭に　ニューヨーク　東京　中国から届いた／三通の手紙からの抜粋　東京からのは／なんと私の手紙だった／スペイン語に訳されていた／「私のどの作品でも訳してよい」と書き添えてあった／おどろきとよろこび／…（後略）…

38 小海は串田孫一が主宰する詩誌『アルビレオ』にも参加しており、『峠』はアルビレオ叢書の第三巻として刊行されている。

39 山本恒解説注釈『現代インド短編集』（研究社、一九九一・一）のほか、「インド独立運動と英語小説」（『世界文学』一九九四・一二）、「インド現代英語小説の諸相」（『民主文学』一九九八・一）などがある。

40 たとえば小海訳のミショーやロルカは堀内幸枝主宰の『葡萄』誌上にも発表されており、花崎も鈴木創の詩誌『現代詩』（百合出版や詩と詩人社の総合詩誌とは別物）や『凍』その他、多くの同人誌に関わっていた形跡がある。小田島は、金子嗣郎らと詩誌『風』を発刊しており、条川は学科内で出されていた文芸誌『こくぶんかの友』にも寄稿していた。『葡萄』誌以外、いずれも筆者未見。

41　ただし当該作品は「詩のつどい」誌上に確認できない。また、一年後（五二年度）の同企画における「詩のつどい」代表は粂川光樹「てれすこーぷ」（全国同人詩誌推薦作品、『詩学』一九五二・九）。
42　小海永二「柾木恭介氏への手紙　ロルカの翻訳者の立場から」（『現代詩』一九五七・二）
43　出典として「ぼくたち・・・」の誌名が付記されているが、一九五七年中に当該の訳詩の掲載はない。三号（一九五三・六）所収の評論「民族の黒い魂の歌い手たち――フランス黒人詩についてのノート――」内に同じ詩が紹介されてはいるが、かなり改訳されている。
44　小沢虎義「書評「抵抗詩論」（安東次男著）」（『希望《エスポワール》』七号、一九五三・一一）
45　小川和佑「文学史の水平線②――『零度』・『葡萄』」（『無限』一九七四・一〇）
46　注5に同じ。
47　長江道太郎、鮎川信夫、小林善雄、嵯峨信之、木原孝一「第一回「研究会作品合評」」（『詩学』一九五二・一）
48　注5に同じ。
49　鳥羽耕史「冷戦下の『希望《エスポワール》』――原子力のグローバル化との対峙――」（『日本学報』二〇一四・三）
50　「第一部　政治・経済・社会部門」の出席者は丸山眞男・日野啓三・花崎皋平・国府田和夫・小林謙一・河本英三。「第三部　文学・芸術」の出席者は野間宏・柾木恭介・福田善之・鈴木創・小海永二・原誠・河本英三・大坪秀人。
51　関連する評論としては後に『季節』（二元社）誌上に「フランス黒人詩展望（上）」および「（下）」（一九五七・一〇／一九五八・一）を発表、『現代フランス詩人ノート』（書肆ユリイカ、一九六〇・一二）に収載している。
52　澤正宏「詩誌『現代詩』が求めた詩と戦後社会」（『現代詩』復刻版別冊、三人社、二〇二〇・四）なお、特に『死の灰詩集』論争に関しては、同書所収の拙稿「『死の灰詩集』論争と戦後詩における〈近代〉批判の布置」を参照されたい。

【参考文献】

解説で触れたものと一部重複するが、雑誌や雑誌関係者の来歴や活動について、参考となる主要な文献を以下に挙げる。雑誌刊行当時の動向について関連や言及があるものを中心とし、各々の関係者の後年の著作（創作、翻訳、各種専門書）については、いたずらに長大なリストとなるのを避けるため大幅に割愛した。また、日本戦没学生記念会（わだつみ会）や学生運動史に関する参考文献は、当該詩誌との関連性に鑑みつつ精選した。

阿久井喜孝『軍艦島　海上産業都市に住む』（岩波書店、一九九五・二）
「「あもるふ」の歴史」、（「都市」一九七〇、一〇）
アルビレオ会『アルビレオ詩集 1954 年版』（書肆ユリイカ、一九五四・六）
飯島耕一、大岡信、橋本一明、小海永二、平田文也、小内原文雄訳『現代フランス詩人集（1）』（書肆ユリイカ、一九五五・一二）
石川巌『核さがしの旅』（朝日新聞社、一九八三・一）
犬丸義一「戦後初期東大学生運動史年表稿」『一・九会文集』（第六集、二〇〇三・一）
今西一「占領下東大の学生運動と「わだつみ会」――岡田裕之氏に聞く（1）」／同「（2）」『商學討究』（二〇〇九・一二／二〇一〇・三）
入沢康夫詩集『倖せそれとも不倖せ　正・補』（書肆ユリイカ、一九五五・六）
入沢康夫詩集『夏至の火』（書肆ユリイカ一九五八・二）
――現代詩手帖二〇〇二年九月号　特集：入沢康夫を読む
――現代詩手帖二〇一九年二月号　特集：追悼入沢康夫
岩波明編『精神医学の思想　金子嗣郎と松沢病院』「新樹会」（創造出版、二〇〇一・七）
岩成達也『私の詩論大全 評論集』（思潮社、一九九五・六）
上野景福・金子嗣郎『作家別英文解釈』（弘文堂、一九五五・一〇）
江原和巳詩集『音階』（的場書房、一九五八・一一）

大野明男『世代論』（三一書房、一九七五・一一）
大野明男『全学連血風録』（20世紀社、一九六七・六）
岡田裕之『我らの時代――メモワール 平和・体制・哲学』（時潮社、一九九九・五）
岡田裕之「イールズ闘争とレッド・パージ反対闘争――1950年前後の学生運動，回顧と分析」『大原社会問題研究所雑誌』（二〇一三・一）
小田島雄志『半自伝　このままでいいのか、いけないのか』（白水社、一九九九・六）
小田島雄志『ぼくは人生の観客です（私の履歴書）』（日本経済新聞出版、二〇一二・六）
亀井俊介『亀井俊介オーラル・ヒストリー――戦後日本における一文学研究者の軌跡』（研究社、二〇一七・四）
亀井俊介『若い日に読んだ詩と詩人　増補改訂版』（木菟山房出版部、二〇二〇・四）
川口澄子詩集『新しい死』（あもるふ社、一九六二・七）
木下順二、木島始編『イギリス解放詩集』（河出書房、一九五四・六）
粂川光樹詩集『運河と戦争』（屋根裏工房、一九六二・一〇）
粂川光樹『明暗　ある終章』（論創社、二〇〇九・一）
粂川光樹、金井清一、内田道雄、山下宏明、小川靖彦「學問の思い出――粂川光樹先生を囲んで」『東方學』（二〇二〇・一）
――「粂川光樹先生略歴」、「粂川光樹先生主要著作目録」、金井清一「粂川光樹氏追悼」
小海永二詩集『峠』（書肆ユリイカ、一九五四・九）
小海永二訳『アンリ・ミショオ詩集』（書肆ユリイカ、一九五五・三）
小海永二詩集『風土』（書肆ユリイカ、一九五六・七）
小海永二ほか訳『ロルカ選集』全三巻、別巻（書肆ユリイカ、一九五八・六～一九五九・一一）
小海永二、花崎皋平共訳編『アンドレ・ブルトンと超現実主義』（昭森社、一九五九・五）
小海永二『小感独語』（れんが書房、二〇〇三・一二）
斎藤忠利訳、J・M・キャロル『血まみれの跡を辿る』（日本パブティスト・バイブル・フェローシップ、一九五三・四）
斎藤忠利『ニグロと河』（国文社、一九五八・二）
斎藤忠利『主流に逆らって――白いアメリカの黒い文学――』（近代文藝社、一九九三・四）

斎藤忠利「アメリカ黒人の文学を読み続けて」『日本女子大学英米文学研究』（斎藤忠利教授記念論文集）（日本女子大学英語英文学会、一九九九・三）
佐古純一郎編『恐れるな、小さい群よ　山本茂男先生記念文集』（中渋谷教会、一九八〇・五）
島良夫訳『現代作家の苦悩　スティーヴン・スペンダーその他』（南雲堂、一九六九・七）
武井昭夫『層としての学生運動――全学連創成期の思想と行動』（スペース伽耶、二〇〇五・六）
田中智子「〈インタビュー〉第一高等学校・東京大学における戦後学生自治活動――岡田裕之氏に聞く――（一）」／同「（二）」『東京大学史紀要』（二〇〇八）
辻井喬『彷徨の季節の中で』（新潮社、一九八九・四）
東京女高師お茶の水女子大学五〇年代を記録する会『私の女高師・私のお茶大――一九五〇年代、学生運動のうねりの中で』（私家版、二〇〇四・一二）
中西直樹『戦後学生雑誌と学生運動　『学生評論』『季刊大学』『大学』『学園評論』解説・総目次・索引』（不二出版、二〇二〇・六）
野間宏、小内原文雄編『フランス解放詩集』（河出書房、一九五四・五）
花崎皋平『鳩のとびたち』（国文社、一九五五・四）
花崎皋平『明日の方へ』（国文社、一九五六・七）
花崎皋平『年代記』（国文社、一九五九・一二）
花崎皋平『学問に何ができるか』（河合文化教育研究所、一九八七・五）
花崎皋平『増補　アイデンティティと共生の哲学』（平凡社、二〇〇一・一）
花崎皋平『風の吹きわける道を歩いて――現代社会運動私史』（七つ森書館、二〇〇八・一二）
花崎皋平『生と死を見晴るかす橋の上で』（私家版、二〇二〇・三）
花崎皋平『生きる場の思想と詩の日々』（藤田印刷エクセレントブックス、二〇二一・三）
福間良明『「戦争体験」の戦後史　世代・教養・イデオロギー』（中央公論新社、二〇〇九・三）
松川八洲雄「ドキュメンタリーを創る」（農山漁村文化協会、一九八三・六）
松川八洲雄、まつかわゆま、日向寺太郎編『ぼくのフィルモグラフィー』（アテネ・フランセ文化センター、二〇〇七・二）

松山恒見、小田島雄志、金子嗣郎、鴨沢康夫『大学への英文解釈』（東大学生文化指導会、一九五三・八）
村上義人『手拭いの旗暁の風に翻る』（福音館書店、一九七七・七）
諸田達男追悼集編集委員会『葉は落ちてもやがて緑はぐくむ』（せせらぎ出版、一九九七・六）
山下肇『大学の青春・駒場』（光文社、一九五六・五）
山下肇『若き燃焼のために』（番町書房、一九六五・一二）
山田晃教授退任記念号「山田晃教授略歴および著作年譜」『青山語文』（二〇〇一・三）
山本恒解説注訳『現代インド短編集』（研究社、一九九一・一）
よしかわつねこ『誕生讃歌』（的場書房、一九五八・五）

＊

『学園評論』復刻版（不二出版、二〇一一－二〇一二）
『学生評論』『季刊大学』『大学』復刻版（不二出版、二〇二〇）
『希望（エスポワール）』復刻版（三人社、二〇一二）
『教養学部報』縮刷版（東京大学大学院総合案内研究科・教養学部、一九六八）
『現代詩』復刻版（三人社、二〇二〇）
『戦後詩誌総覧』全8巻（日外アソシエーツ、二〇〇七－二〇一〇）
『東京大学新聞』縮刷版（不二出版、一九八五－一九八六）
『東京大学百年史通史3』（東京大学出版会、一九八六・三）

※本稿の執筆に際しては、JSPS KAKENHI Grant Number JP18K12291 および JP21K12927 の助成を受けている。

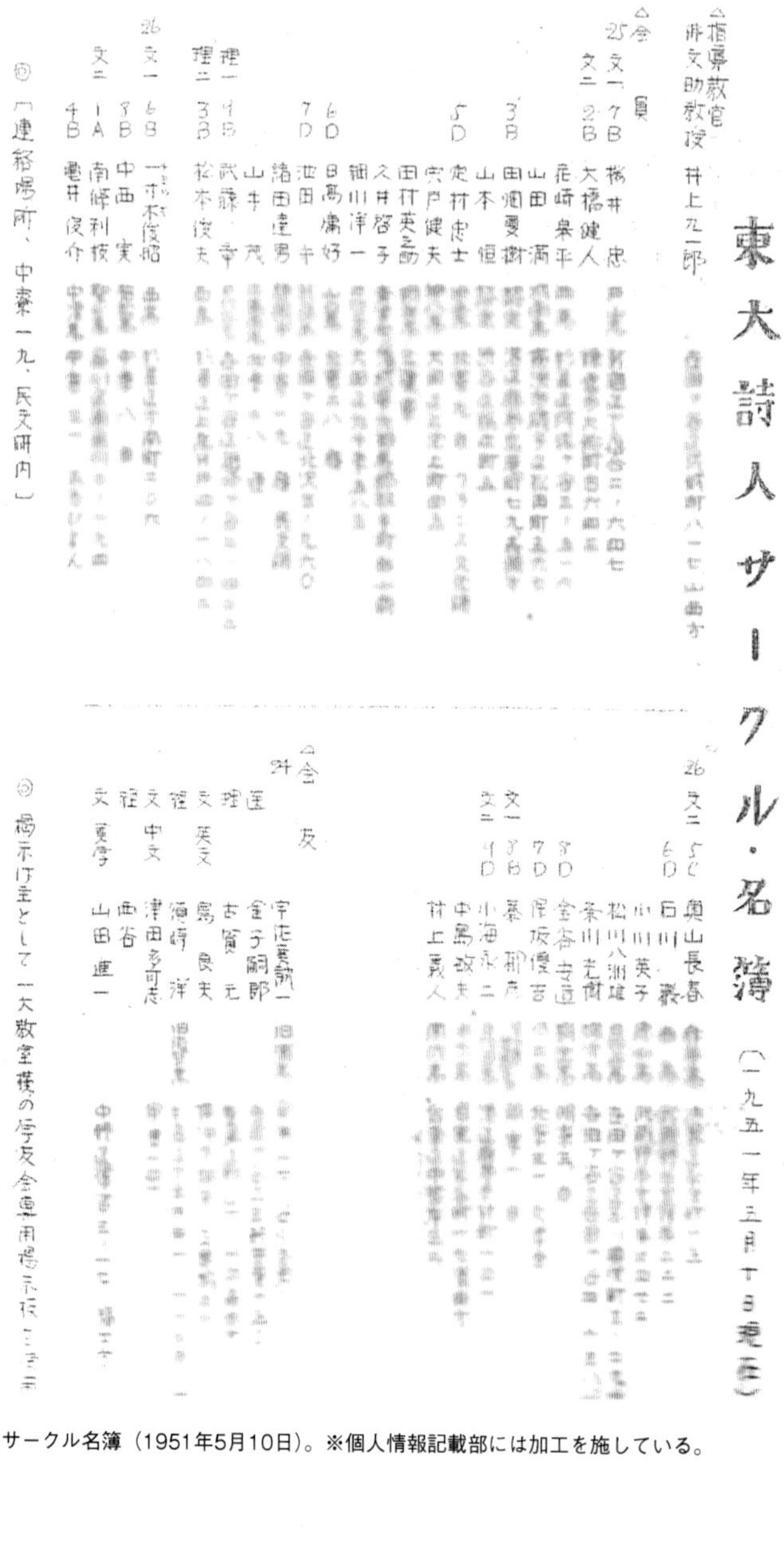

東大詩人サークル・名簿（一九五一年五月十日現在）

△指導教官
仏文助教授 井上究一郎

△会員
25 文一 7B 桜井忠
文二 2B 大橋健人
花崎皋平
山田満
3B 田畑憂樹
山本恒
5D 定村忠士
宍戸健夫
田村英之助
久井啓子
細川洋一
6D 日高庸好
7D 池田幸
諸田達男
山本茂
理一 4B 武藤幸
理二 3B 松本俊夫
26 文一 6B 一ッ木俊昭
8B 中西実
文二 1A 南條利枝
4B 亀井俊介
◎「連絡場所、中寮一九、民文研内」

26 文二 5C 奥山長春
6D 石川敏
小川英子
松川八洲雄
粂川光樹
8D 金谷幸道
7D 保坂俊吉
文一 8B 慕 郁彦
文二 4D 小海永二
中島敬夫
村上義人

△24会友
医 宇佐美誠一
理 金子嗣郎
文英文 古賀 元
経 島 良夫
文中文 瀬崎 洋
経 津田多可志
文美学 西谷
山田達一
◎掲示は主として一大教室横の学友会専用掲示板に

【資料】

東大詩人サークル名簿（1951年5月10日）。※個人情報記載部には加工を施している。

前進と後退——　—グループの歩み

山本　恒

一、四年間をふりかえって

あとがきにかえて私達明日の会の歴史を書くことになった。こゝに私達がまとめたのは過去四年間の成果の中から、凡そ五分の一を選び出したものである。成果というには余りに貧弱であるが、作品の配列を通常見受けられるような個人別作品集とせず、敢て時期上の区分に従ったのは、主として私達のグループの歩みそのものを跡づけたいと願ったからに他ならない。だがこれは別に構成詩を意図したものでもないし、一貫した序列をつけたものではない。たゞ各時期の特徴をくみとって、私達の変化の足どりを理解して頂ければよいのである。

作品を三期に分けたが、第一期は創刊より季刊で四号に至る迄、発足よりこの間凡そ一年半、活版の時期である。第二期は暫く発表活動が停滞した後、手製のガリで再建を計った月刊の時期で十二号迄。第三期は前期とは時間的に断絶がないが、昨年四月小海永二のエッセイが掲げて意気込も新たに再出発した時期、時にタイプ印刷もまじるA5版ガリで、昨年は月刊、今年は隔月刊で現在迄に二十五号迄出している。たゞこゝには一、二篇を除いて一応昨年迄の作品を主にした。

詩は作品として独立した価値をもつものであり、おこがましくも歴史などと称して作品の背後に流れるものを記すことは、却って作品そのものの価値を傷つけるに過ぎないであろう。だが私達は今迄未来に希望をたくし、人間が人間らしく尊重される社会を築くことを念願してきた。そこに先ず要請されることは人の和に他ならない、私達が何よりも強く求めている平和は、この小さなグループの中で確保されるのでなければ、どうして実社会の複雑な利害関係相反する人々の間に実現することが出来ようか、ところがこのことに気づいたのは失敗を犯して暫くしてからであった。詩と絶縁して脱落していったものはあるが、意見の対立の為に別れていったものは初期を除けば殆どない。このことは私達の弱点である。しかしまたそれは私達の他に誇り得る強味でもある。四年間崩壊もせず続いたこのグループがなければ、私達一人々々の作品は現在曲りなりにも残されているような成果を産まなかったであろう。全国に同人詩誌は数多い。それがどのようにしてまとまり成長していったか、私達の場合を一つのサンプルとして検討してみるのも決して無駄ではあるまい。敢てこの小さなグループの足どりを顧みる所以である。

二、出発

私達のグループの結成の目的と成立の条件については既に花崎皋平と小海のエッセイに示されているので、こゝでは重複をさけ人の動きを中心に述べてゆきたい。

昭和二十七年春、駒場より本郷に進学した新制東大の二期生は、象牙の塔の香の強くにおう専門学部で勉強の抱負を新たにもやしていた。だが講話が発効して独立した矢先起った所謂血のメーデー事件と引続いて成立した破防法は、彼等に愈々容易ならないものを感じさせた。果して自分達は学問だけに専心してよいものだろうか。反動的な吉田政府のやり方を拱手傍観していると、またわだつみの悲劇を繰返すような取返しのつかない事態を招くのではないか。こういう危機意識は多くの学生の喉もとに鉛のようにつかえていた。

破防法を阻止する為に、一日午後の講義ボイコットが行われ全学集会が開かれた。かの悪法治安維持法の再現を何とかして未然に防がなければいけない。大学当局の制止にも拘らず、多くの教室では説得ピケが張られ、教授達の中には教室に姿を現わさずに安田講堂の前に集まった学生達の背後に立って、集会の成行を見守っている風景も見受けられた。私達明日の会が誕生したのはこういう緊迫した雰囲気の中で、学生運動が最後の花を咲かせているときであった。

主軸になったのは二期生でこれに一期生が加わった。両者とも戦後の学生運動史上最も果敢な闘争と云われる、あのレッドパージ反対の試験ボイコット斗争（昭和二十五年九月二十九日）という経験をともにしている。その上に駒場にあった東大詩人サークルの後輩である三期生が加わり、出発時は九名であった。いわば私達は新制東大という作りたての池に生い立ったくちばしの黄色い鳥であった訳である。池の水は学生運動で沸騰していた。良い意味でも悪い意味でも私達は当時の学生運動と東大のアカデミズムの影響を蒙っていた。ヒロイックな前衛意識は、鋭い研究心と烈しい抵抗精神に支えられて、厳しい批判力を育てていった学生運動の活動家たち。だが一方では度を越した観念性と鼻持ならぬ指導者意識が翼の下に垣間見え、一般学生や社会人との間に越え難いギャップをつくっていた青春群像。不幸なことに当時私達は自分達もこの傾向におかされているのに気付かなかった。

私達には深い悩みがあった。大学に学ぶ以上は学問を通じて社会に貢献することこそ自分達の本分ではないか。他方では社会情勢の変化に対する危機意識が容赦なく勉学の時間を奪い、行動へと私達を駆ってゆくのだ。勉学か、社会的実践か。この二律背反に悩みながら、アルバイトに疲れた身心をひきずって私達は模索を続けた。

昭和二十七年秋、日経連が赤い学生不採用宣言を出してから、学園はめっきり冷静になった。その宣告は、就職に対する進歩的学生の恐怖をまき起こしたというよりは、むしろ足もとに目をおとした学生に自らの学問的内容の貧しさかげんを、今更のように認識させる警鐘の役割を果したのだと云えよう。資金を蓄えて創刊号を出したのは、この秋十一月のことであった。

三、第一期（昭和二十七年六月～二十八年十一月）

学生運動の影響のもとに出発した第一期の作品には必然的に政治的主題が濃厚であった。大別して三つの傾向が見出されよう。

第一に銘々の戦争体験を軸にし、太平洋戦争殊に原爆の惨禍と、また朝鮮戦争の数知れぬ犠牲者の記憶を呼びさまして、平和への願望を訴えるのをテーマとしたものである。私達の多くがこの過程を経なければ詩が書けなかった。人間を戦争というメカニックで巨大な破壊力から守ること、それは今でも変らぬ私達の課題である。けれども当時は朝鮮戦争が二年あまり経過して、依然東洋の一角にただならぬ戦雲をたなびかせていたし、インドシナその他アジア諸国の民族運動に対し、帝国主義諸国は愈々露骨な圧力や干渉を加えていた。特需景気、国民の知らぬまに息をふき返した軍需産業、死の商人を富ます労働強化、私達はそこに戦争を起すものの正体を見た。

第二は具体的に生起した事実を素材にして批判を加え、現象の背後にある事実を示唆したもので、極めて時事性が強い。アメリカは水爆実験に成功し、それを武器に巻返し政策を呼号して世界に新たな不安を与えていた。この政策の一環となって、まるで、植民地であるかのように、我国はアメリカの前進基地化し、保安隊から自衛隊とひそかに再軍備が進められていった。

詩はプロパガンダであってはならない。素材の形象化が不十分であると、プロパガンダに陥る危険がある。この点をめぐっての評価が屡々私達の論争を招いた。だがそれだからと云って政治的テーマを選ぶことを恐れてはなるまい。生成変化する現象の底に潜む問題を剔抉することは、詩人の任務と云えるから。

平和は作り出すものである。それには多勢の人の協力による長い苦しい戦いが必要であるし、人間に対する信頼が回復されねばならない。如何なる困難にも耐える不退転の決意の表明、そしてまた人人の善意にうったえる愛のよびかけが第三の傾向である。

私が小海のエッセイと重複するのも敢てかえりみず、この三つの傾向を指摘したのは、これらが発足当初の、いわば創立精神ともいうべき基本線であると信ずるからである。その後種々の傾向は加わったが、現在に至る迄この精神は依然として生きているのである。

私達の仲間は、英文・仏文を専攻するものが大半を占め、他の仲間も語学に長けていた。海外の詩人から新しいものを学びたいという意欲は自ら強い。訳詩が毎号を飾ったが、私達のグループに特に傾向が近いものの一部は、第一期の末尾に数編収めた。この他、シドニイ・キイズの「荒野」、サン・ジョン・ベルスの「風」、S・ヘルムリンの「若者」など、英仏独の作者の代表作を紹介している。評論活動も活発で次の四編が注目される。小田島雄志「T・S・エリオットの現実」、島良夫「シドニイ・キイズの世界」、花崎「『風』とサン・ジョン・ベルス」、小海「民族の黒い魂の歌い手たち――フランス黒人詩についてのノート」。

四、停滞期（昭和二十八年十二月〜二十九年五月）

昭和二十八年夏から三十年へ、学生運動がそれ迄の政治第一主義より帰郷運動や互助活動へ変ってゆくと共に、私達にも転機が訪れた。ヒロイックな指導者意識は最早時代おくれだった。大衆に謙虚に学び、大衆と共に同じ基盤に立って考え行動する。いわばこの新しい倫理が活動家のみでなく、私達にも要請されたのである。この転換期は私達にとっては危機の時代であった。それは一つの批評の問題であり、他は経済的な問題であった。

私達の試作の根本態度は、変貌する時代の殊に逆行する汐流に抵抗して、良心の証言を為そうとすることであった。しかし証言とは言葉だけの問題であろうか。おまえの証言は社会的実践の裏付けをもっているのか。私達が良心的になろうとすればする程、この疑問が自分の胸に、また他人の胸に擬せられた。すねかじりでその上学問とアルバイトに追われ、真の生活の基盤がないという自意識が、更に私達を息苦しくさせた。批判の矢が他人に向けられると更にきびしかった。私達の間ではよく意識がおくれているという言葉が用いられる。総じて社会的関心の乏しいものとか、平和運動に無関心なものをさすのである。自分の確信が強いあまり自分の説を理解出来ないのは、相手の自覚が足りないのだと独善的態度に陥ったり、意見の異るものに対し、その立場を充分考慮せずにきびしい批判を浴せたりする傾きがあった。忌憚なく厳しい批判を述べれば、それだけ自分の方が正当化されるという錯覚すら、どうかすると見受けられた。誠実な人物であっても、個人的な内面の問題に悩んで、自己と社会のかゝわりに気づかなかったり、自己の感情のとりこになっている場合がある。そういう人に対する同情と理解が、私達には欠けていた。その結果、途中から加わった三、四人の友が満たされないまゝ去って行った。第一期の後半のことである。

これはグループの円満な運営と充実を計るには、不幸な態度であった。同人相互も批判を意識しすぎて、創作意欲は窒息状態に陥ってしまうのである。

他方大きな障害は経済的な行きづまりであった。多くのグループと同様に私達も同人費を納め、発行後は友人などに買ってもらって印刷諸経費を回収する筈であった。然し僅か十名前後の月二〇〇円の同人費では三ヵ月蓄積しても、印刷費の三分の一にも満たなかった。のみならず詩人からセールスマンに、また詩人へと還るという変化自在な真似は困難であった。割当分をしょいこんだりして、物質的精神的な困難がつもると、次第に創作活動の重荷として意識されてきた。四号を出してからは、その経費の回収がつかず、暫くの間月々の同人費は赤字の補填にあてる始末であった。

昭和二十八年の五月祭に、私達はエスポワール及び東大文研と協同して「文化タイムス」を出した。河本英三君を中心に、ヒロシマの灰の中から生れ出たこのグループに、私達は親近感を抱いていた。当時エスポは若々しい活躍を示していたが、商業ジャーナリズムに拮抗して、若い世代を代表する新しい月刊綜合誌を出すという彼等の計画の実現には、もっとメンバーを強化する必要があった。

さてエスポが中心になって「文化タイムス」を続刊しようという計画があったが、これは実現しなかった。そこで前述の新しい計画が企てられていたのであろう、この夏、エスポより対等な関係で合同しようという提案がなされた。

この提案は早速検討された。いまふり返って見れば、この問題は最大の危機であったと云えよう。何よりも創立の精神が不純になるのを私達は恐れた。また対等とはいえ。綜合文芸誌の中で詩が色あせた存在か、さしみのツマのように扱われるのではないかという不安もあった。しかし経済力の乏しい私達には、いろいろな点でこの案は魅力的であった。活版で舞台は全国的になる訳だった。大勢は合同に傾きいまや踏切るばかりになった。けれども会の主体性をあくまで失わず、詩誌として存続させるべきだという強硬論者、小田島と金子嗣郎の意見が、ついに合同を阻止して従来通り継続することになった。だがこの出来事も災いして、気勢をそがれた私達は、四号以後半年、創作、合評会ともに全くの停滞状況に陥った。

創作の停滞を招いたのは半ばは人為的な原因に帰せられる。経済的負担を軽くし、発表活動を維持するには年刊アンソロジイ一本にしぼってゆこうと、村上義人が中心になり粂川光樹が援けて再興計画を練った。これは、経済面だけではなく、批判研究活動全般にわたって、同人の分担を定めた極めて精密な組織案であった。新しい組織案は冬から春にかけて討論の末実行に移されたが、思いがけない私達の欠陥を露呈した。アンソロジイを出す予定の一年後迄、手近に発表の場がないとなると、多くのものは詩を書かなくなってしまったのである。

五、第二期　昭和二十九年六月〜三十年三月

赤字の回収されたのを見計らい、会計の建直しと、この沈滞した創作活動の再興とを担う妙手は手製ガリによる詩誌発行で、十ヶ月間に八号を出した。極めて読みにくく、読む人には多くの迷惑をかけたが、経済状態から止むを得なかった。

既に初期の仲間のうち三人が去り、半数は詩想も涸渇したか作品を発表しなくなった。依然として前進的な姿勢で政治的テーマを貫いたのは殆ど花崎一人で、小海、粂川、新同人入沢康夫はもっとひろい人間的共感の場で仕事をしようとした。観念に陥らず、生活感覚を通じて現実を捉えることが強調され、特に作品の背後にある作者の生活そのものを変革することの重要性が指摘されたが、学窓にあって観念的思考に馴れすぎた私達が、このような要請に応えることは難しかった。私は前にきびしい批評の弊害について述べた。もちろんそういう批評は必要である。たゞ友情に支えられた相互理解と信頼とがなければならないことを強調したかったに過ぎない。ところが私達はアツモノにこりてナマスを吹くが如く、極度に警戒して初期の忌憚のない厳しい批判は全く影をひそめた。その代り特に新しい仲間に対しては、少しでも長所を見出して育てようとする寛容な傾向が生まれてきた。それはよい。しかしその批評の態度が不徹底であった為、批判は中途半端で終り、問題点を剔抉出来ず、徒らに仲間ぼめに陥る弊風を生じた。このとき小海は十一号で問題意識に不断にさめてつながろうと唱えて同人の噴気を促した。

この時期には数名が新たに加わったが、労働者吉川常子と、エスポ所属お茶大の川口澄子が佳作を発表したのをきっかけとして、旧い同人達も意欲をとり戻した。既に新しい変化が地についていたのである。それ

をまとめたのが前掲の小海のエッセイである。私達はこゝに新たな飛躍を志した。

このとき消滅を防いだ功労者小田島は、演劇研究を志して去った。粂川の抒情の探求はこの時期に端を発し、花崎のヘルムリンと、小海のミショオの訳詩は連載後夫々一冊にまとめられた。

六、第三期（昭和三十年四月〜）

小海のエッセイは、決して明日の会の公式の見解ではなく、彼自身の受とり方の表明にすぎない。それにも拘ず、そこに示されている巾広いヒューマニズム、彼の言葉を借りれば、人間を守ろうとする精神の姿勢に立って詩作するという主張は、その後の実際の私達の詩誌の性格を方向づけ、私達の仲間を倍加させた。間口が広すぎるという批判が下される。だが彼のエッセイは、いわば譲歩し得る限りの最低線を示したものであり、様々の思想を抱いている新しい仲間が増えたことを、私達は悔んでいない。丁度私達ふるい同人が、友情と話合いに支えられて、絶望をふりすて、未来に対する希望を常にもやし続けて、凡ゆる困難と戦って来たように、新しいなかま達もほどなく、ぬきさしならない私達の輪の一環となって前進出来ることを、私達は確信しているからだ。私達のグループは単に詩のためだけの集まりであってはならない。詩を通じてたえず生活を変革し、平和を求めて新しい時代にさきがけてゆく決意と内実を育てる訓練の場である。気のあったもの同士で閉された世界をつくることは必要でなかったのだ。批評のリゴリズムから脱却して混迷の中を模索している間に、私達は忍耐と寛容を身につけてきた。それこそ平和を樹立する第一歩なのだ。勿論厳しい批判精神は失ってはならない。新しい若い人達に学びながら私達も奮起したい。

さて私は不本意であるがこゝで止めねばならない。既に予定の枚数はとうに超えてしまった。この現在の時期は後日改めて検討したいと思う。たゞいくつかの変化だけを指摘しておきたい。

第一に同人の大部分が卒業し社会人と学生の比率は二対一になった。教師が数名いる。第二に女性が数名に達し、第三に肉体労働者が三、四名加わった。これは今後更にふえるだろう。学生運動の影響から出発した私達も、今や殆ど交渉をもたなくなり、代って自らの腕で生活の基盤を支え、生活感覚を通じて現実を観る傾きが強まってきた。最も大きな動きは日本人すべてがそうであるように、原水爆の保有並びに実験禁止の願をこめた詩篇が数多く書かれたこと、個人作品集を試み、新しい詩質と才能を紹介したことである。これらが結実するのは決して遠くないことを私は期待している。

（附記　文中でも述べたように花崎、小海のエッセイとの重複を極力避けたので会の歩みとしては本稿では不充分である。どうか名のエッセイと併せ読んで頂きたい。また三期に政治的主題で多くの詩を発表した花崎の作品は後日再検討の上発表する予定でここには割愛した。）

※本文章は、『ぼくたちの未来のために』（書肆ユリイカ、一九五六年十二月）に収録されたものを原誌の表記に沿って、参考資料として琥珀書房が翻刻したものである。

『ぼくたちの未来のために』総目次

【凡例】

・作品ごとに、作品名・作品ジャンル・執筆者名・頁数、の順で示した。
・広告および白紙の頁は省略した。
・作品名が本文と目次とで違っている場合は、前者を優先した。
・旧字体は、一部の固有名詞を除き新字に改めた。
・発行年月日等は、奥付の表記を採用した。
・略称にて表記されている箇所については、同人誌という性格上、本人と同定可能な場合は姓・名で記した。

『ぼくたちの未来のために』総目次
（一九五〇年一一月～一九五八年一月）

「ETWAS」二号　一九五〇年一一月二〇日発行

「ETWAS」三号　一九五一年四月一〇日発行

「詩のつどい」一号
一九五一年七月八日発行

「詩のつどい」二号
一九五一年一一月一〇日発行

「詩のつどい」三号

一九五二年五月一五日発行

「詩のつどい」四号

一九五二年一二月二〇日発行

「ぼくたちの未来のために」創刊号

一九五二年一一月五日発行

「ぼくたちの未来のために」二号

一九五三年三月二〇日発行

「ぼくたちの未来のために」第三号

一九五三年六月三〇日発行

「ぼくたちの未来のために」第四号

一九五三年一一月二八日発行

「ぼくたちの未来のために」第五号

一九五四年六月一〇日発行

「ぼくたちの未来のために」第六号

一九五四年七月一〇日発行

「ぼくたちの未来のために」第七号

一九五四年八月一〇日発行

「ぼくたちの未来のために」第八号

一九五四年九月一〇日発行

「ぼくたちの未来のために」第九号

一九五四年一〇月一〇日発行

「ぼくたちの未来のために」第一〇号

一九五四年一二月一〇日発行

「ぼくたちの未来のために」第一一号

一九五四年一二月三一日発行

「ぼくたちの未来のために」第一二号

一九五五年三月一〇日発行

「ぼくたちの未来のために」第一三号

一九五五年四月一〇日発行

「ぼくたちの未来のために」第一四号

一九五五年五月一〇日発行

「ぼくたちの未来のために」第一五号

一九五五年六月一〇日発行

「ぼくたちの未来のために」第一六号

一九五五年七月一〇日発行

「ぼくたちの未来のために」第一七号

一九五五年八月一〇日発行

「ぼくたちの未来のために」第一八号

一九五五年九月一〇日発行

「ぼくたちの未来のために」第一九号

一九五五年一〇月二五日発行

「ぼくたちの未来のために」第二〇号

一九五五年一一月二〇日発行

「ぼくたちの未来のために」第二一号

一九五五年一二月一五日発行

「ぼくたちの未来のために」第二二号

一九五六年二月二〇日発行

「ぼくたちの未来のために」第二三号

一九五六年四月二〇日発行

「ぼくたちの未来のために」第二四号

一九五六年六月二〇日発行

「ぼくたちの未来のために」第二五号

一九五六年八月二〇日発行

「ぼくたちの未来のために」第二六号

一九五六年一〇月二〇日発行

「ぼくたちの未来のために」第二七号

一九五七年一月二〇日発行

「ぼくたちの未来のために」第二八号

一九五七年四月一〇日発行

「ぼくたちの未来のために」第二九号

一九五七年五月二〇日発行

「ぼくたちの未来のために」第三〇号

一九五八年一月二五日発行

ま

や

ら

その他

た

な

は

か

さ

『ぼくたちの未来のために』執筆者索引

【凡例】

・執筆者の姓の五十音順に配列した。漢字の表記異同については項目を統一した。イニシャル表記での記名があるものは、氏名の横に表記した。
・記載内容は以下のとおりである。
執筆者名　号数（丸付き数字）掲載ページ
・号数とページ数はアラビア数字で記した。
・E『ETWAS』、S『詩のつどい』で記した。
・広告および白紙の頁は省略した。
・旧字体は一部の固有名詞を除き新字に改めた。
・表紙・カットなどの作者は記載がある場合のみ示した。目次のみ氏名がある場合は号数のみ表記した。

別冊執筆者紹介

田口 麻奈（たぐち まな）

1981年広島県生まれ。早稲田大学第一文学部卒、東京大学大学院人文社会系研究科博士課程修了。博士（文学）。現在、明治大学文学部准教授。『展望現代の詩歌』第5巻（共著、明治書院、2007年）、『コレクション都市モダニズム詩誌』第29巻「戦後詩への架橋Ⅰ」（単編著、ゆまに書房、2014年）、『〈空白〉の根底——鮎川信夫と日本戦後詩』（思潮社、2019年）、『四月はいちばん残酷な月　T.S.エリオット『荒地』発表100周年記念論集』（共著、水声社、2022年）などがある。

ぼくたちの未来のために　別冊

解説・総目次・執筆者索引

ぼくたちの未来のために　復刻版　全36冊＋別冊

2023年2月28日 発行

別冊定価　本体1,500円＋税

揃定価　本体78,000円＋税

著　者　田口 麻奈

発行者　山本 捷馬

発行所　琥珀書房

京都市左京区岡崎天王町58-2-206

電話 070（3844）0435

別冊コード　ISBN978-4-910993-19-5

セットコード　ISBN978-4-910723-42-6